緋色のしごき

浮世小路 父娘捕物帖 2

高城実枝子

時代小説

二見時代小説文庫

目次

緋色のしごき——浮世小路 父娘《おやこ》捕物帖 2

第一話　嘘つき

一

女客が一人いる。

歳《とし》の頃は二十一、二。着ているものは京友禅《きょうゆうぜん》らしい派手な絹物《きぬもの》だが、垢《あか》じみてくたびれている。

奇異なのはまだある。

九月《ながつき》一日の衣更《ころもが》えが終わったばかりで、衣類も冬支度に直して袷《あわせ》を身につけているはずが、うそ寒げな単《ひとえ》に衿元《えりもと》をかき合わせているのだ。

女は店番のてつにあれこれ注文し、運ばれて来た料理と飯にくらいついている。

日本橋《にほんばし》は浮世小路《うきよこうじ》。店頭《てんとう》の掛け行灯《あんどん》に（酒、肴《さかな》）とあり、置看板にある〝子《ね》の竹《たけ》〟

が店名である。

朝と昼はお定《き》まり（定食）を商《あきな》うが、主力は看板どおり、美味《うま》い酒と肴である。

そうした店に、女の、しかも一人客というのはめずらしい。

時刻は昼の八つ半（三時）をすぎたばかり。商い中でも一番客足の遠のく刻限である。それでもぽちぽち入ってくるのは、昼飯を食べそこねた客や、昼酒を嗜《たしな》む商家のご隠居といったあたりで、男たちの好奇な視線がちらちらと女の品定めをしている。

お麻《あさ》の目の端に、女が箸を置くのが入った。女はそのあと、満足げな太息を肩でついた。

つい、と足を踏み出しかけたてつを目で制して、お麻は飯台の女客へ歩み寄った。

「お済みのようでございますね。では、お勘定を――」

平膳の隅に積み重ねられた木札には、一枚ずつ供《きょう》された品《しな》の本日の料金が書いてある。それをまとめて客が帳場へ持って行き勘定を払うのが〝子の竹〟のやりかたなのだ。たとえば、四十文なら、平目のこぶじめ。十二文なら、芋の煮ころばし。八文なら、茄子《なす》ときゅうりの漬物。といった工合である。

常ならば、帳場には母親のお初《はつ》が陣取り、店内の目配り気配りおさおさ怠らないのだが、いまはいない。

なにしろ〝子の竹〟の商いは明け六つ（午前六時）から夜の四つ（十時）までだから、ぶっとおしでは体が保《も》たない。ならば閑《ひま》を見つけては睡眠を補うのだ。その間お麻が帳場を預かっている。店番のてつと文平《ぶんぺい》、板場の藤太《とうた》と平作《へいさく》と玄助《げんすけ》も、早番、遅番の態勢をもってそれぞれの持ち場を切り盛りしている。

「どうぞ、こちらへ――」

女を帳場へ促がしたが、お麻の声が届かないのか、女は身じろぎもしない。

「ではお勘定、〆《しめ》ますね」

女が登場したときから抱きつづけていた不審感を声にあらわさず、お麻は静かに言った。

「ふふっ」

女は笑った。

「何が可笑《おか》しいの？」

つい詰問調になる。

「わて銭々《ぜぜ》あらしまへん」

あっけらかんと、屈託《くったく》なさすぎる口調だ。

「この、女《あま》ッ」

てつが怒声を放った。

「初めっから喰い逃げする魂胆《こんたん》だったのね」

怒るより可笑しみがこみあげて来たせいで、お麻の声が笑っている。

「逃げるつもりなんてあらしまへん。お腹《なか》が空《す》きすぎて、ついふらふらって、ここに入ってしもた。おかげでお腹くちゅうなって、何だか眠とうなってきたよし」

人形じみた可愛い顔で、女はにっこりと笑んだ。

「いい度胸しとるぜ」

てつの嘆息だ。

「名をお言い」

「波《なみ》」

「そう、お波さんいくつ？」

「二十二」

お麻より一つ年下だけの年増《としま》なのに、どこか幼いような甘たるい表情だ。つややかな頬に、ちまちまと配合された人形じみた顔。罪の意識もないのか、けろりとしている。

帳場で、お波の料金を勘定して、お麻はお波のところへ戻った。

「あなたの支払いは、百六十文よ。この始末、どうつけるつもり？」

「あら、安いどすな」

つぶらな瞳でお麻を見た。

「一文なしのくせに、よくもほざいた」

てつはすっかり毒気を抜かれている。

「やる事が太いねえ。どうせ喰い逃げするなら、と高値《こうじき》なものばかり注文したんでしょ」

怒りがはぐらかされて、呆れているお麻だ。

どうやらお波には得な性分《しょうぶん》があるらしい。あどけないほどの表情と、潤《うる》んだまろやかな声の京言葉のせいか、対手《あいて》の反感をやんわり押し戻してしまう不思議な力があるようである。

「お江戸の料理はどれも味がきつおますけど、ここのは美味《おい》しゅうおした」

「お波さん、あんた番所に突き出されてもいいのッ」

さすがのお麻も声を荒げた。

「それだけは堪忍《かんにん》――」

哀れっぽく、お波はしゅんとなった。

「安手な煮売り屋ならともあれ、この浮世小路でしでかすなんて、お波さんの舌はよほど驕《おご》っているのかしらん」

お麻には、〝子の竹〟が商いしているこの浮世小路という場所への自負がある。

小路といっても、荷車同士がすれちがえるだけの道幅があり、長さは室町《むろまち》三丁目の大通りから入って、わずかに三十間（約五四メートル）そこそこしかない道である。

突き当たりは、伊勢町《いせちょう》堀の堀留《ほりどめ》で、そこから道は二手に分かれる。その堀の両側は、別名米河岸《こめがし》ともいう。つまり米問屋の大店《おおだな》が、甍《いらか》を押し並べているのである。

江戸の初期には、日本橋通町《とおりちょう》が沽券金高《こけんきんだか》（地価）の最高値を誇っていた。『土一升金一升』といわれた土地柄である。

その最高値が寛保《かんぽう》年間（一七四一年～四四年）になると、河岸地帯にとって替わられた。舟運《しゅううん》による河岸地の有用性と、この地から生み出される富の大きさを示すものだ。

その米河岸に通じる浮世小路には、鰻《うなぎ》の高級店の〝大金《だいきん》〟、名だたる料理茶屋の〝百川《ももかわ》〟などが商いをしている。

そんな江戸の一等地に、お麻の両親の治助《じすけ》とお初が、なぜ〝子の竹〟を開けられたのか。それには天恵ほどの幸運があっての事である。

〝子の竹〟のある浮世小路の一画は、町年寄《まちどしより》の樽屋藤左衛門《たるやとうざえもん》が幕府より拝領した土地であったのだ。

樽屋の屋敷は本町《ほんちょう》二丁目にある。

十数年も前の事だ。治助とお初はなり振りかまわず、他人の何倍も働いていた。いずれは安定した稼ぎのできる店を持つ、という夢を抱いて。

夏になると、治助は黒渋《くろしぶ》の出商《で》いをやる。家の造作として、板塀、腰板、板庇《びさし》などに黒渋を塗って板の腐敗を防ぐのである。毎年、顔を出して注文を訊く得意先の一軒が、樽屋であった。

またそれが縁で、娘のお麻が十四歳になると、樽屋の手代頭である仁右衛門《じんえもん》の家へ行儀見習いの奉公に出した。

そして六年前、芝の北新網《しんあみ》で、煮売り茶屋をやっている治助とお初のところへ、仁右衛門がひょっこり顔を出した。

『浮世小路の店が一軒空《あ》いたのだ。どうだ、やってみないか』

仁右衛門は、治助夫婦の人柄を見込んだ上で、この話を持って来てくれたようだ。長年の、実直で労を惜《お》しまぬ仕事ぶりが、認められたのだ。

しかし、掛かる元手や場所柄を考えれば、その障壁は、目も眩《くら》むほど高い。身のほど知らずだ、と尻ごみする治助を、お初が発奮させた。樽屋との縁故と好意をありがたく受けよう。何のこれしき、やってやれない事はない、と腕まくりしたのだ。

この話には、間接的ではあるが、お麻も一役買っている。仁右衛門の妻のさわ女《じょ》が、活発で利発なお麻を気に入っていて、それもあっての口添えがなされたようだ。

いまや〝子の竹〟は押しも押されもせぬ繁盛店である。

「堪忍て、お波さんとやら、それならどうするつもりなんだ。えッ、百六十文といやあ、人足したって丸一日も骨をきしらせなきゃなんねえ銭だぜ」

よりにもよって、てつは人足を引き合いに出した。

「こちらで働かせてもらえまへんか？」

自分の思いつきに、お波は目を輝かせた。

「ウチでは手は足りてます」

ぴしりと、お麻ははねつけた。

「それやったら、どないしたらええのん」

しょんぼりしたお波を見かねたのか、声をかけてきた客がいる。

「どうだね、わたしのところで働いてみないか」

「まあ、おぎの屋の旦那さん――」

男は、日本橋長谷川町《はせがわ》で〝おぎの屋〟という料理屋を営んでいる作左衛門《さくざえもん》である。さすがに目が早い。お波の器量とやわらかい京言葉が、客受けすると踏んだのだろう。

「なかなかいい娘さんじゃないか。ちょうど仲居の空きがあるんだ。やってみたらい。どうです、お麻さん。この娘《こ》が働いて払うと言った百六十文は、わたしが立て替えておきましょう」

よほどお波が気に入ったらしい、作左衛門の申し入れだ、むろん、お麻に否《い》やはない。

「わて、仲居などやった事おへんけど、何とかなりますやろ。ああ、よかった、これでお番所に行かずにすむ。ほんま、旦那さんは救いの神やわ」

安堵のあまりか、お波はきゃらきゃらと幼児のような笑い声を立てた。

二

十日余り経って、作左衛門が〝子の竹〟に立ち寄った。いかにも用ありげな足どりで、不機嫌そうな顔をしている。

「おや、お早いお出ましで――」

帳場からお初が声をかけた。

「いや、昼めしじゃないんだ」

作左衛門がお麻を手招いた
「はい……」

「うむ、お麻さんに持ち込む尻でもないんだが、お波の事なんだ」

「何かやらかしましたか？」

そうした危なげなものを感じさせる気色が、あのお波にはあった。

「あの女は、このわたしにあと足で砂をかけて行きおった」

怒気を含んだ声を、作左衛門は投げ捨てた。

「何かありました？」

「たった十日ばかり働いただけで、あの女、やめおった」

「お店をですか？」

「そうだ。しかもわたしが立て替えた百六十文を差し引いた日当をくれ、だとちゃっかり抜かしおったよ」

作左衛門がいきまくのは、自分の親切心を裏切られたと思うからだろう。

「おぎの屋さんをやめて、お波さんはどうするつもりなんでしょう？」

「妾《めかけ》稼業だとさ」

「へえ！　もっともあれだけ可愛らしい顔立ちをしているんだもの、自分のものにしたくなる男の人がいても不思議じゃないでしょ」

「しかしあの女、見かけによらずしたたかそうだよ」

「旦那って、どなたなんです？」

お麻の興味に火がついた。

「わたしのところの客なんだ。もっともお江戸のお方ではない。武蔵《むさし》の忍《おし》というところの川口屋《かわぐちや》永助《えいすけ》さんだ。なんでも土地の百姓が栽培した紫紺《しこん》を、江戸の薬種《やくしゅ》問屋や染色屋に卸《おろ》す商人だそうだ」

「古くからのお客です？」

「いや、まだこの三月《みつき》ほどだが、かなり頻繁に江戸と忍を行き来しているらしい」

「それならお波さんは、忍とやらいう田舎《いなか》へ連れて行かれるのかしら」

「この江戸で囲うつもりなんだろう。馬喰《ばくろ》町の裏店《うらだな》に小ぎれいな家を見つけたようだ」

「あの日、食べものの匂いにつられて、ここに引きこまれたのも、そこにおぎの屋さんがいて、だからこそ川口屋さんに出会ったのも、きっとお波さんの運命《さだめ》だった

「――」

「お陰で、こっちはいい面《つら》の皮だよ」

口ほどもなく、作左衛門の表情がさばさばしているのは、どうやら胸の中の鬱憤《うっぷん》をお麻に向けて吐き出せたからだろう。

その作左衛門と入れちがいに、父親の治助が戻って来た。うしろに下っ引きの伝吉《でんきち》を連れている。

「お父《とっ》つぁん、昼ごはんまだでしょ？」

「ああ、神田界隈の探りに追われて、喰いそこなった。伝吉も腹へったろう」

治助に促されて、伝吉のひょろりとした体が板場へ入って行った。他の客の手前、伝吉は板場であり合わせの飯にありつく事になっている。

三年前から、治助は南町奉行所の定町廻り《じょうまちまわり》同心、古手川与八郎《こてがわよはちろう》の手先をつとめている。

手先は岡っ引とか目明しとか、少々威《い》をつけて御用聞きなどと称《い》われていて、文政《ぶんせい》八年（一八二五）の昨今、江戸には三百数十名の手先がいる。

ところが、お上《かみ》の御用を笠に着て、強請《ゆすり》まがいの所業に出る者もいるから、どうしても市民には嫌われる。そもそもが、博徒《ばくと》や巾着切《きんちゃっきり》などの悪事を働いた者たちだから、善良な町民は、なるべく関わりたくない、というのが本音であろう。伝吉が板場で飯を食すのは、そうした世間の目を意識しての事もある。手先にも例外がいる。治助がそうだ。

治助は四十三歳のしごくまっとうな男である。二歳年下の女房お初ともども、他人《ひと》の何倍も刻苦勉励して、この浮世小路に店を持ったのだ。

良心に富み、正義感が強い。そうした治助の気質を重んじて手先にした小手川与八郎も同心としては、変り種かもしれない。

粘り強く拾って来る治助の情報が、与八郎の役に立つ例が多く、それによって相互の信頼は深められているようだ。

「おまえさん、お定《き》まりのほかに、何か造らせましょうか」

いまだに亭主にぞっこんの、お初の気くばりだ。

「それには及ばねえ、お定まりで充分だ」

お定まり、というのは朝と昼に供される定食で、値段も安めに設《つく》られている。

今日は鯖《さば》の焼ものと平目の甘辛煮の二種。どちらにも里芋めしとあさり汁と茄子の塩漬けの付け合せがついて、二十八文（七百円）だ。

「朝は鯖だったから、平目にしてもらおう」

帰りがけの客が挨拶して行く。

「親分さん、ごめんなすって――」

治助は、親分と呼ばれるのをあまり好まない。だいいち、子分は下っ引きの伝吉一人であり、誰に対しても威張《いば》った心地になった試《ため》しはないのである。

「はい、お父つぁん、お待ちどうさま」

お麻が膳を運んで来た。

「いただくよ、途中、二八蕎麦《にはちそば》すらかっこんでいる暇がなかったんだ」

「何のお調べ――？」

「う、うむ、この平目、脂《あぶら》がのってて美味《うめ》えな」

「よっぽどお腹が空いていたのね。伝吉さんもご飯お替りしてた」

伝吉の本職は古傘買いである。古傘を一本四文から十二文で買い集め、再生屋に卸《おろ》す。本人に欲も甲斐性《かいしょう》もないから、それだけでは生計《たつき》は立たない。

「せめて飯くらいたっぷり食わせてやってくれ。あいつは鼻っ柱は強えが、じっさいは気が弱くて馬鹿っ正直な男だ」

「妙にお父つぁんになついているしね」

「そうだ、あとで少し小遣いを渡してやろう」

「ところで、お調べって何なのさ」

「おまえには関わりがねえだろう」

「ありますよ」

「何でだ？」

「だって、お父つぁんの娘だもの」

父娘の会話はお初の耳に入ってくる。

「お麻の悪い癖だ。何かというとお父つぁんの真似をしたがる。ほんとに尻の落ち着かない娘なんだから、いいかげんにおしッ」

お初の叱言《こごと》が、かえって治助を甘い父親にしてしまう。

治助の誘うような眼差しに、お麻は得たりと顔を寄せた。

「大きな声じゃ言えねえがな、じつはいま追っているのが洲走《すばし》りの五兵衛《ごへえ》という盗賊だ。どこの手にもついていない、ひとり盗《つと》めの盗っ人でな、この前、難波《なんば》町の二葉園《ふたばえん》という菓子店に忍び入って、金箱ごと盗んで行った」

「いくら入ってたの？」

「十五両ほどだそうだ」

「小盗っ人だね」

「だがな、十両盗れば死罪だぞ」

「人相は知れてるの？」

「それがからきしなんだ。わかっているのは、四十前後の齢《とし》に、五尺二寸ほどの背丈、細身の体つきっていうんだが、そんな男だったらこの江戸にごまんといらあ」

「それなのに、何で洲走りの五兵衛ってわかるのさ」

「手口だよ」

「どんな——？」

「屋根瓦をはずして忍び入るんだ」

「軽業師《かるわざし》みたいだね」

五兵衛の手口は、まず空樽を足がかりにして塀を乗り越える。それから屋根にのぼり、瓦を四枚はずす。その下から下張りの板をはずせば、天井裏に下りられる。それから押入れの真上まで来て、張りじまいの板をはずして下におりるのだ。

「五兵衛の手口の証《あかし》となるのは、残された空樽なんだ。それと追い詰められたとき、川や堀に飛びこんで行方《ゆくえ》をくらますのだそうだ」

「だから洲走り……」

洲走りとはぼらの稚魚の事である。

「生国《しょうごく》はどこなの？」

「西国らしいが、どうせ流れ者だろう」

「もう江戸を出たかもしれないね」

「いや、おれの読みとしては、やつはまたやるな。江戸をふけるのは、あと二つ三つ山を踏んでからだろう」

治助の長年の出商いできたえた体は逞《たくま》しく、加えて持ち前の敏捷な身ごなしは、壮年の活気に満ちあふれている。

娘のお麻は、父親似である。強い目力《めぢから》と高く筋の通った鼻、それにきりっと引き締まった唇は美しいが、男顔の凛々《りり》しさがただよう。

「さて行くか」

五兵衛の情報集めに出かける治助の、白緒の雪駄《せった》の足取りは軽やかだった。

三

紺地に白く三の字を丸と井筒《いづつ》で囲んだ暖簾《のれん》は、江戸の女なら言わずと知れた三井越《みついえち》後屋《ごや》。

斬新な『現金掛値《かけね》なし』の商法が大当たり、いまや居並ぶ呉服商を蹴落として、江戸きっての大店《おおだな》にのしあがっている。

駿河《するが》町のあらかたの甍《いらか》は、二棟の越後屋が占めている。室町の大通りに面した一棟ずつの表間口《まぐち》は九間、奥行きは四十間の広さを誇る。道をはさんで絹物を扱う本店《ほんだな》と、木綿《もめん》物を扱う向店《むこうだな》が向き合っている。両方の店で働く手代は、四十人を超えるという。

お麻と奈《な》おは本店へ入って行った。

奈おは浮世小路の先の雲母《うんも》橋通りの、〝奈お松〟という鰻屋の女将《おかみ》である。鰻といってもピンキリで、辻売りの十二文から、二百文と値の張る店もある。座敷を持つ〝奈お松〟は高値だが、玉川産の上等で佳味な鰻を使っている。

奈おは三十二歳で、お麻とは九歳も年上だが、お互いにかけがえのない友情で結ばれている。

二人の出会いは、下谷《したや》にあった。お麻が十七歳で嫁いだ青物問屋が三ノ輪《みわ》にあったのだ。

一方、奈おの実家が通新《とおりしん》町にあった。松島屋《まつしまや》という大手の植木屋である。二つの町は隣り合っている。

情味の薄い夫の横暴さに泣き暮らしていたお麻を、奈おは親身になって慰め励ましてくれた。自身も夫から去り状をもらい、実家に戻っていた奈おは、お麻の抱く夫への失望や、むざんな仕打ちに耐える嫁の孤独な立場に、強い同情を感じていたようだ。

その奈おが三年前、〝子の竹〟の近くにお店を張ったのは全くの偶然だった。京風に凝《こ》った二階座敷のある雅趣な造作だが、何分松島屋がうしろ盾なのだから、金に糸目をつけずに成し得るわけだ。

その奈おに付き合って、お麻も越後屋をのぞきに来た。たとえ買わなくとも、女は見るだけで楽しいのだ。

お麻の常着は木綿である。絹物では、店内にひしめく客の間を縫って料理を運ぶには不都合だ。酒だ、醬油の染《し》みだ、との汚れを気にしなくてはならない。

その点、奈おは一年じゅう絹の長着で通している。客筋が上等なのと、当代様（将軍家斉《いえなり》）になって、町人が絹を着てもお目こぼしもある世相のおかげだった。

本店の広い入口で履物《はきもの》を脱ぎ、上にあがった。

畳敷の店内には、ずらりと居並ぶ手代を相手に品定めに余念のない客や、反物《たんもの》や湯茶を運ぶ丁稚《でっち》で活況を呈《てい》している。柱や仕切りもあって、とても奥まで見通せない。

それでも奈おの馴染《なじ》みの手代が、目ざとく二人のそばにやって来た。

「おいでやす。いつもおおきに――」

上方《かみがた》出身の手代は、言い回しもやわらかい。

奈おは、楽しげに言った。

「袷《あわせ》をね、紺地か黒地の小紋《こもん》か縞《しま》を見つくろってくださいな」

江戸の女は地味好みだが、黒地となるとちょっと凄味《すごみ》が出る。

手代の指示で、丁稚《でっち》が何本かの反物を抱えて来る。

やがて奈おが選んだのは、紺地に白の千筋《せんすじ》の柄。そこへ仕立て方もやって来て、仕立ての打ち合わせになった。この店では、仕立て職人を何十人も抱えているから、客の求めに応じて、一晩で仕立て上げるそうである。

丁稚の運んできた茶をすすりながら、お麻はふと横を向いた。

その目に飛びこんできたのが、あのお波の姿だった。手代相手に派手な色彩の反物を広げている。

そばに男が寄り添っている。歳の頃は四十代の商人ふう。お波の言葉に頷《うなず》いたり、にこにこと笑顔を向けている。

――あれが〝おぎの屋〟の言っていた、川口屋永助か。つまりお波の旦那という事だ。

お波もお麻に気がついた。無邪気なほどの笑顔を向けて、軽い会釈を送って来た。反して川口屋は横顔を見せたままだった。

その夜。

酒の香と男くささがむんむんする〝子の竹〟に、あでやかな一輪の華《はな》が舞いこんで来た。

お波である。裾《すそ》に菊と紅葉を散らした長着は、光沢のある絹地で京友禅らしい。髪型は、流行《はや》りの灯籠鬢《とうろうびん》で一筋の乱れもない。

珍しいものでも見るように、男たちの視線がお波にあびせられる。

「もしかしたら、あれが……」

栄吉《えいきち》までが興《きょう》ありげにお麻を見た。

「そう、お波さんよ」

「まさしく京人形だな」

――なにさッ　とお麻は栄吉の二の腕をつねりあげた。

栄吉は出商いの小間物屋である。保田屋梅吉《ほたやうめきち》という親方のところで荷を仕入れ、得意先を廻っている。五尺四寸の機敏そうな体つきはしなやかで、眉目《びもく》すがすがしい二十八歳の男である。

本人は言葉を濁《にご》しているが、折目正しいその立居振る舞いを見ていると、栄吉の前身は侍だったのではないか、とお麻は思っている。

そのお麻が人目を忍んで通うのが、岩本町の栄吉の裏長屋である。

栄吉が盃をかたむけているのは、戸口から一番遠い飯台の奥隅である。毎晩、足を運んで来る栄吉と父親二人のために、お麻はその席を空けている。どの客にも座らせない。

けざやかに舞う蝶の化身のように、お波はお麻と栄吉のところまで歩いて来た。

「こんばんは」

ゆったりとした口調に、いつぞやの、喰い逃げを企んだ罪の意識など、みじんも感じさせない。いわば仲居として拾ってあげた〝おぎの屋〟の作左衛門の好意などもどこ吹く風、さっさと川口屋の囲われ者になった恥じらいも、お波の感性にはないらしい。

九月《ながつき》から十月《かんなづき》へと季節は冬へと移ったが、一月《ひとつき》足らずの短い間に、慌ただしく変化した身の上にも、動じる様子は見られない。

「どうしなすった？」

お麻の不審に、

「お酒を呑みに来たのぇ。こちらのお料理もすっかり気に入ったし――」

けろりと答えるお波に、帳場のお初が呆れ声になった。

「見てごらんなさい。ウチには女の客などいませんよ。お酒が呑みたかったら、しかるべき場所があるでしょう」

「そうよ、旦那につれてきてもらえば――」

お麻も口を添えた。

「旦那さまはお国に帰らはった。それにあのお人の前では酒は飲みしまへん」

「どうして……？」

「嫌われとうないからや」

「ふうん、殊勝《しゅしょう》なのね」

「そうや、こちらのお方の連れという事にしたらええやないの」

そう言って、お波は栄吉に微笑《ほほえ》みかけた。白く小さな歯がこぼれて、無邪気な童女のような顔になった。

「栄吉さんどうなの？」

「わたしなら構いませんよ」

「わぁ、よかった」

お波は栄吉の隣の腰掛に、身を滑りこませて、

「お酒は下《くだ》りものにしておくれやす」

お波の懐《ふところ》は、よほど膨らんでいるようだ。

下り酒は、麹《こうじ》と米に精白米を用いた上等な酒で、諸白《もろはく》と呼ばれる池田《いけだ》、伊丹《いたみ》、灘《なだ》の銘酒である。〝子の竹〟では一合徳利で、六十四文（千六百円）する。

「地回りものでも、けっこう美味い酒がある。この気味《きみ》なんかいけるよ」

栄吉が推める江戸の地回り酒は、一合二十文（五百円）だから庶民でも楽しめる。

お波は肴に、すずきの洗い、ふろふき大根、それに揚げ出汁《だし》どうふを注文し、何となく栄吉と差しつ差されつになった。

「お波さん、お酒強いのねえ」

追加の燗徳利を差し出しながら、お麻は驚きの声を発した。この女には、あどけない見かけと裏腹の、人の意表を衝《つ》くものがある。

「それより、この簪《かんざし》を見て。旦那さまがくださったの」

「まあ、美しい！」

「馬爪《ばず》とちゃいますよ。本物の鼈甲《べっこう》どすえ」

菊花を彫った飴色の前差しである。

「確かに玳瑁《たいまい》の白甲《しろこう》でできている。これはかなり高値《こうじき》な飾り物だね」

さすがに栄吉の目は肥えている。小間物屋として、馬爪も鼈甲も扱っているのだ。

「いくらくらいするものですやろ」

「一緒に買いに行ったんじゃないの？」

「ううん、旦那さまはどこからか買《こ》うてきはって、手《て》ずからわたしの髪に差してくれはった」

それだけ大切にされているのだと、お波は誇らしそうに胸を張った。

「一両（十万円）は下らんでしょうな」

栄吉の査定に、お波はいとも満足げな笑《え》みをこぼしていた。

四

東の空が白みはじめると、江戸の町は動き出す。

治助のところへ、古手川与八郎同心の小者である弥一《やいち》が連絡《つなぎ》に来たのは、明け六つすぎ。

すでに帳場の仕事にかかっているお初に、

「また洲走りの五兵衛が出た。日蔭《ひかげ》町までひとっ走りして来る」

言うなり、治助は〝子の竹〟を飛び出した。

汐留《しおどめ》川を芝口《しばぐち》橋から南に渡ると、芝口《しばぐち》一丁目から三丁目、源助《げんすけ》町、露月《ろげつ》町、さらに金杉《かなすぎ》橋まで商家のつづく広い道が延びている。

その道の一本西側が、日蔭町通りである。

洲走りの五兵衛らしい賊が入ったのは、傘問屋の〝一条屋《いちじょうや》〟である。

一条屋は間口四間の商家としては中どころだ。傘の種類はさまざまで、布帛《ふはく》を張った長柄傘から、踊傘に日傘に野立傘、荏油《えのあぶら》と渋をぬった紙の傘は雨用、とあり、〝一条屋〟は卸しと小売もしている。

治助が〝一条屋〟へ着いたとき、同心の与八郎は主要な聞き取りをすませていた。

木戸の中で治助を迎えた与八郎は、

「手口からいって、洲走りにまちげえねえな。こっからは見えねえが、二階の屋根の瓦をはずして、主人夫婦の寝間《ねま》の押入れにおりている。その寝間の地袋《じぶくろ》から隠し入れておいた手文庫を引っ張り出しているんだ」

「で、いくらやられたんですか？」

長身で面長《おもなが》な同心の顔を、治助は見上げた。

「きっかり二十両だとよ」

「その間、主人夫婦は目が醒《さ》めなかったのでしょうかね」

「年季の入《へえ》った盗っ人が、物音なんか立てるけえ。それに寝間には衣装簞笥が一棹《さお》あるだけだ。誰が考えたって、そんなところに金は隠さねえさ。となりゃあ、地袋しかねえ。あいつらが金のにおいを嗅ぎつけるのは、犬より上だってえからな」

歯切れのいい江戸弁で、与八郎は吐き捨てた。

「手文庫をやられたのは、朝まで気づかなかったわけですね」

「あいつらは、無闇矢鱈《むやみやたら》に押し込むわけじゃねえ。目星をつけたら、じっくり下見《したみ》をしているはずだ。この辺一帯、片っぱしから聞き込んで来い」

「へい――」

付近一帯といっても、日蔭町通りの西側は武家屋敷が愛宕山《あたごやま》まで占めている。町屋ではこれといった情報もなく、治助は一人源助町と露月町の間の道を、芝口通りまで出た。

さらに進むと、突き当たりに広大な大名屋敷が並んでいる。仙台《せんだい》藩の上屋敷と、会《あい》津《づ》藩の中屋敷である。間には堀があり、堀は迂回して来た汐留《しおどめ》川につながり、対岸は鬱蒼たる森に静まる浜御殿だ。

堀の脇には辻番がある。

辻番は、武家地警備のために設けられたのが始まりである。江戸中期からは町人の請負いとなり、そうなると安い給金で番人を雇うようになったため、老人や体の不自由な人が増えて来たありさまで、『辻番は生きた親父《おやじ》の捨て所』などという川柳《せんりゅう》が生まれるきっかけとなった。

「夕んべから今朝にかけて、怪しい人間を見なかったかな」

番人は治助の身装《みなり》をいちべつして、急に腰を低くした。

紺足袋に白緒の雪駄、尻端折《しりはしょ》りした着物の衿《えり》の合わせ目から、紺木綿のどんぶりがのぞいている、どこから見ても町方の手の者だ、とわかる治助である。

「親分さんが探している者かどうかわかりませんがね、前の道からふらりと出てきた男がいるんで――」

老人といっていい齢の番人は嗄《しわが》れ声を出した。

「何刻頃だね」

思わず、治助は身を乗り出した。

「人っ子一人通らない真夜中だあ。そうさな、九つ半（一時）あたりだったな」

「どんな風体《ふうてい》の男だ？」

「ご存知でしょ。二間も離れりゃ目鼻もわからぬ闇の中だ。て事は——ともあれ、『おいッ』と呼ばわったところ、やつのすばしっこい事、そのまま堀の中へどぼーんでしたよ。てっきり呑んだくれの酔狂《すいきょう》だろう、とあっしは放っとく事にしました」

——洲走りだッ
その姿を眼裏《まなうら》に描き出した治助の胸がどよめいた。

しかし、この堀の流れは汐留川へ落ち、浜御殿をぐるりととり巻いて、大川へとづいている。水練の達者な五兵衛がどこに泳ぎ着き、逃走したのかはわからない。

昼すぎ、目星《めぼ》しい情報もなく、治助はいったん〝子の竹〟へ戻った。

くろむつの味噌焼と蕪汁で遅い昼食をかっこんで、渋茶でほっとひと息ついた治助のところへ、お麻が一人の女を連れて来た。

「お父つぁん、お波さんがお父つぁんに聞いてもらいたい話があるんだって——」

「おう、あんたかい、お波さんてえのは。ひと通りの事情は耳にしているよ。いってえ話というのは何なんだい？」

「親分さん、わたしを匿《かくま》っておくれやす」

お波は、〝おぎの屋〟で働いているとき、お麻の父親が、お町の旦那の手の者だ、と知らされている。

いきなり突飛《とっぴ》なことを言い出したお波は、いつになく白い顔をこわばらせている。

「まあ、お掛け」

飯台越しにお波を自分の前に座らせ、

「いったい何があったんだ？　わかるように話してごらん」

治助は柔らかい声を出した。

「うちの旦那さまについてどす」

「ああ、たしか川口屋永助さんと聞いている。その旦那がどうかしたのかね」

「何やわからんけど、恐いんどす。気味が悪《わ》ろうてなりまへん」

言いよどみつつも、お波は声をはげました。

「閨事《けいじ》に悪い癖のある男もいるようだな」

「そういうことではありまへん。江戸においでになれば、夜も昼もよう出かけられます。商いでお忙しいようどす。夜は、うちが眠っている間に帰るのもたびたびどす」

「男なら、そういう事もありましょうな」

「そうではのうて、次の日の朝、うちは台所の隅で妙なものを見つけてしもうた」

「前の晩に着て行きはった旦那さまの着物が、股引《ももひき》やら襦袢《じゅばん》やらひっくるめて、丸めこまれていたのです」

「ふうむ」

「しかも、雨降りでもないのに、ぐっしょりと濡れていたのです」

「何ッ！」

「妙どすやろ」

「いつの事だッ？」

治助の声がおめき立つ。

「この月の十四日」

「まちがいないのか？」

「まちがえるわけおへん。だって、うちの生まれた日やもん」

川口屋永助が、洲走りの五兵衛であるという確信が、治助の脳裏を占めていた。

なぜなら、二葉園の盗《つと》めのあとも、十月十四日、浅草天王町の米屋に賊が入っている。だが、家人に見つかり、何も盗らずに目の前の堀川に飛びこんで逃げている。

賊が周到なのは、堀へ飛びこんだ場合の、逃走路が一本ではない商家を狙うことである。

この米屋の場合、右へ潜水すれば、大川への鳥越川《とりごえ》。左なら三味線堀《しゃみせん》へつづく堀川。直進すれば新堀川《しんぼり》と三方向ある。

洲走りの五兵衛に相違いない賊は、濡れた衣服のまま川口屋永助になりすまし、お波の待つ馬喰町の家へ戻ったのだ。

「それだけではおへん」

すっかりお波の口はほぐれている。

「言ってごらん」

「今朝もまた、ぐしょ濡れの着物を見つけてしもた。そしたら、何や旦那さまが恐ろしゅうて、恐ろしゅうて、もうあの家には帰られやしまへんのや」

「よし、ここにおいで。しばらくお麻の部屋で寝ればいい。しかし、これまでの話は嘘じゃないんだな」

「ほんまどす。そりゃうちかて嘘をつく事もありますけど、これはほんまの話どす」

縋《すが》りつくような必死の目の色で、お波は治助を見つめていた。

身一つで川口屋永助から逃げてきたお波の、その前髪で鼈甲の簪《かんざし》がなまめかしく揺れている。

「その簪はどうしたんだ？」

「旦那さまがくだすった」

それが何か？

と、お波の目が問うている。

「それをこちらに渡しなさい」

「厭《いや》どす。これをとられたら、うち一文無しになってしまうえ」

「あんた、それを質草にでもしてごらん。たちまち盗賊の同類にされてしまうぞ」

「えッ、なぜどす？」

「先月、二葉園という菓子店に夜盗が入った。そのとき、金のほかに内儀《おかみ》の簪も盗まれているのだ」

「それがこれだって言わはりますの？」

お波の顔色が変わった。

「厳しい詮議の待っている牢にあんたを入れるのは忍びない。だから、あんたが持っていては駄目なんだ。言い逃れができなくなる。それよりも、おれが何とかする」

差し口（密告）の功に免じてやろう、という治助の温情だった。

治助の言葉が終わらぬうちに、お波は簪を引き抜いた。

川口屋永助こと洲走りの五兵衛の失敗《しくじり》は、朝寝であった。五兵衛にとって惜しむらくは、せめて半刻早く目醒めていれば、一目散に江戸からふけられただろう。お波の不在に気づき、その意味する危機に気づくのが遅すぎたのだ。

治助の注進も、それを受けた古手川与八郎の動きも電光石火だった。まして真っ昼間の捕物だ。五兵衛のねぐらに踏みこみ、取り押さえるのに、多くの捕方はいらない。与八郎と治助と小者の弥一、それと手先の吉次《きちじ》の四人が馬喰町へ疾《はし》った。

一方五兵衛は、盗賊特有の鋭い勘によって迫り来る危機を察し、隠し置いた有り金全部を懐にねじこむや、裏店を飛び出そうとしたまさにそのとき、なだれこんで来た捕方に抵抗する間《ま》もなく押えこまれてしまった。

五兵衛を縛り上げた縄尻を吉次にまかせ、治助は二間きりの座敷に飛びこむや、やがて、「旦那、ありましたぜ。押入れに隠してありやした」

与八郎の前に、手拭にくるんだ鼈甲の簪を差し出した。

五

「お江戸はええどすなぁ。ぽんぽんした物言いはちょっと怖《こお》うおすけど、何やはっきりしてて気持ちがええ」

五兵衛の一件に対する恩義なのか、お波は〝子の竹〟一家にすっかりなついてしまった。

今夜も暖簾《のれん》を入れたあと、お麻と差し向かいだ。

板場は火を落としてしまい、使用人たちも帰ってしまっている。お初も治助も二階に上がって寝仕度をすませている頃だ。

酒豪のお波のために、二合半《こなから》の徳利を二本、かなりの熱燗にして、肴は、昨日大伝馬町のべったら市で買ってきた浅漬けの大根だ。

それぞれのぐい呑み猪口に手酌して、

「ああ美味し。こんな寒い夜はご酒にかぎりますなぁ」

お波は真底、酒好きらしい。

「お波さん、京の女《ひと》でしょ。ご実家はどういう——」

「腹立つッ、いえ、実家のことどす。お麻さん、京の四条通りってご存知？　うちの家はそこで大きな呉服屋をやっております」

「そこのお嬢さんが何でまた……」

「勘当《かんどう》されたんどす」

「ええッ！」

「四年前のことどす。ま、両親《ふたおや》もこのうちを持て余したんやろう思いますけど——」

「どうして……？」

「うち、生まれつき手癖が悪うおした」

お波は五、六歳になると、近所の店から菓子などを盗むようになった。何不自由なく乳母日傘《おんばひがさ》で育ったのに、盗み癖は執拗《しつよう》だった。困り果てた親はいろいろな策をこうじた。

毘沙門天《びしやもんてん》のお札《ふだ》をのませる。おびんずる（仏の弟子の一人）様とおでこをこつんこさせる。これは難治の病にちがいない、とその像を撫でて平癒を祈る。

それでも駄目なら親指に灸をすえる。土蔵にとじこめてみる。

効《きき》めなし。

長ずるにしたがって、くすねる金高が張って来る。そうなると子供のいたずら、とは見すごせなくなる。

「それは親ごさんも心配だわね」

「そのものが欲しいんとちゃいますねん。かすめとったとき、胸がすっとしますのんや。それが気持ちようて、癖になってしもた」

お波の罪の意識を薄くした原因の一つに、両親の考えた方策があった。

それはお波が外出する際、乳母をつとめた女中が、ぴたりとそばについて来るのだ。

お波がやった！

と見るなり、すかさず店側に代金を支払うから、悶着《もんちやく》は起きない。

しかし、ついに年貢の納めどきが来た。

盗みが露見するたびに、両親は内緒で片をつけていたのだが、その限界も尽きて、両親は十八の娘を勘当する決心をしたのだ。

家から縄つきを出せば、営々と築いてきた商売の信用を失う。跡継ぎの長男の前途を奪うはめにもなる。

勘当といっても、内勘当である。本勘当なら人別《にんべつ》を失い、無宿者《むしゆくもの》になってしまうのだ。

遠江《とおとうみ》は遠州灘に面した浜松《はままつ》に、母親の遠縁の者がいる。お波はそこへ預けられた。

旅立つ娘に、涙にかきくれながらも母親は五十両の金子《きんす》を持たせ、『おまえの病さえ治れば、勘当を解いてあげるさかいに――』と送り出した。

遠縁一家は漁師を稼業としていた。持ち舟はあったが、網元《あみもと》の支配下に属している。その家では、お波が入れる喰い扶持《ぶち》が大きな収入であったので、待遇は丁重なものだった。

陽に灼《や》け、漁できたえた男たちの逞《たくま》しい肉体は、京の都育ちの男しか知らないお波には、眩しいほど光って見えた。

それも初めのうちだけで、日々の暮らしは退屈きわまりないものになっていった。男たちはただ荒々しいだけでつまらなく、港から吹き寄せる生臭い風のにおいもたまらなかった。

持ち金が残り少なくなっても、実家から迎えは来なかった、ついにお波は意を決した。

――江戸に行こう。京に戻ったとして自分の居場所はないのだから。

「江戸に着いて一月《ひと》も経たんうちに、懐はすっからかんになってしもうた」

「それで喰い逃げに出たのね」

「いややわ、そんな事考えておへんかった。お腹さえいっぱいになれば、それでええ、

図太いのか、おおらかなのか、お麻とは人間の出来がいささかちがうようだ。

と思っただけ――」

「そのお手々の悪い癖はどうなったの？」

「浜松にいてたら、いつの間にか、すっかり忘れてしもていた」

熱病のような盗みの衝動も、憑《つ》きものが落ちてしまえば、もはや遠い語り草のようだ。

「よかったね」

「そやけど、京からは何も言って来いしまへん。うち、きつう恨んどります」

自分の言葉を嚙みしめるように、お波は遠い目になった。

居候の身は、居ごこちがよろしくない。お波は働きに出た。

日本橋大鋸《おおが》町の料理屋の加賀《かが》屋に、やはり仲居として住み込んだ。

ところが二十日も経たないうちに、お波に目をつけた客がいた。

日本橋通本町三丁目で、煙草問屋を営む五十代半ばの男である。名を徳丸屋砂兵衛《とくまるやさへえ》という。

お波の体は小柄で細いのに、胸や腰は豊満そのもの、あどけない顔に似ず、潤んだようなまろやかな声のお波を、砂兵衛は一目で気に入った。何より上方なまりの柔らかい言葉づかいも品よく、仲居ずれしていないところに強く執心したのだ。

お波にとっては、州走りの五兵衛で怖い思いをした前がある。その記憶も生々しいから、砂兵衛の申し出には二の足を踏んだ。

しかし、砂兵衛の熱心な口説きに、お波は、

「並みの妾奉公ならよしますえ。うちは生まれ落ちたときから贅沢《ぜいたく》に育てられましたよし。つましい暮らしなんぞできしまへんえ」

おちょぼ口で、言う事はふてぶてしい。

普通、口入れ屋を通しての妾奉公なら、一月《ひと》せいぜい二、三両の手当てで上の部類だが、お波は初っ端《しょぱな》から、五十両の支度金を要求した。

法外な金高だが、お波は自分への砂兵衛の本気度を試したのである。

「いいとも、出しましょう」

その一言《ひとこと》で決まった。

昼刻の忙しさも一段落した〝子の竹〟へお波がやって来た。

髪もつぶし島田に結って、絹の長着は、弁慶縞《べんけいじま》の大模様と、どこから見ても囲い者

風情《ふぜい》だ。女の変わり身は早い。

「女将《おかみ》さん、お土産どす」

帳場のお初に、虎屋《とらや》の杉の折箱入りの饅頭を差し出した。

それから空いている飯台の隅に腰かけて、お麻の出した茶を見つめながら、

「ご酒《しゅ》、呑みとおすなぁ」

細い溜息をついた。

「旦那、呑ましてくれないの？」

それだと少し気の毒なような気がして、酒好きのお波に同情するお麻だ。

「うち、旦那はんの前ではお酒呑みまへん」

「どうして……？」

「うち、お金を貯めなあきまへん。お金を貯めて、このお江戸で商いをして、京の両親を見返すつもりどす。その元手のために、うちはつい旦那はんに嘘をついてしまうのどす」

「どんな……？」

「京の親が病気になったとか、いろいろ……」

「旦那から金を引き出す口実なのね」

「だから、ご酒をいただくとつい気が弛《ゆる》んで、その嘘が破《ば》れてしまうのやないの。そういう失敗《しくじり》は、うちを信用してくれてはる旦那はんに悪いやないの。それでじっとがまんして、下戸《げこ》で通します」

お波が徳丸屋に囲われて、早や半年。季節は四月《うづき》の花祭。

「だけどあんまりお金を使わせるのはどうかなあ。そのうち愛想づかしを喰らうかもよ」

「あら、お麻さん、いい歳をして何も知らはらへんのね」

「何が……」

「逃したくない殿方には、仰山《ぎょうさん》お金を使わせるの。お金がかかればかかるほど、殿方はその女子《おなご》を手離さんもんや」

得意げに、お波は人形めいた鼻をうごめかす。

「悪知恵だこと！」

「そんな事あらしまへん。つまるところ、男はんがしみったれなのどす。あれだけの金を使うたんや、もったいない、もったいない、とよう手離さんのや」

お波が男ずれしているのか。あるいはさすが上方の商家育ちだけに、金銭への冷厳な考え方ができるのかもしれない。

「前にちらっとお見かけした事があるけど、徳丸さんは立派なお人柄のようね」

「ほんまにええお人どす。うちがどんな我儘を言うても、にこにこしてはるし、どこへでも連れて行ってくれはるの」

「世間体を気になさらないのね」

「お武家じゃあるまいし、旦那が妾を連れ歩いたかて、いまどき騒ぐお人はおへんやろ」

「そうかなあ」

「それにね、男は猫でっしゃろ」

どこかで聞いたような台詞《せりふ》だ。

「どうしてさ？」

「うろ覚えだけど、こういう歌知ってはる？

　吾はもや　やすみこ得たり人みなが　得がてにすとう　やすみこ得たり――」

みんなが狙《ねら》っているあの美しい女を、おれはもう手に入れたぞ、というほどの意味らしいのは、お麻にもわかる。

「猫はねずみや小鳥を獲ると飼い主に見せにくるやろ。男はんも同じ。若くてきれいな女を手に入れれば、誰彼かまわず見せびらかしたいのや。さあ、どうだ、おれの力はたいしたものだろうって――」

苦労知らずの小娘を演ずるお波の、そのしたたかな観察眼に、お麻は密かに舌を巻いた。人は見かけによらないのだ。と、うなじの辺りがざわっとなる。

六

板場で早くも仕込みが始まっている。店番の二人は飯台の上を拭いたり、土間を掃いている。いつもの〝子の竹〟の朝である。腰高障子《こしだかしょうじ》に雑巾《ぞうきん》をかけているお麻に、

「使いで来た」

見れば七、八歳の少年だ。

「誰のお使い？」

「菊新道《きくじんみち》のお波さんさ」

「で、何だって？」

「すぐ来ておくれってさ」

「何かあったの？」

「わかんないや」

要領をえないまま、浅草紙に小銭をくるんでやると、少年はぺこりと頭をさげ、駆け足で戻って行った。

厭な予感に衝き動かされて、はずした前垂れをくるくると丸め、足はもう走り出す体勢だ。

ちょうど二階から降りて来たお初が、それを見て

「こんな朝っぱらから、どこへ行こうってえの？」

大なり小なり変事があれば、すぐに飛び出すお麻の性分に、いつもながら手を焼いているお初なのだ。

「お波さんに呼ばれたの」

すでに片足は戸口をまたいでいる。

「お待ちッ」

お初の高声を背に、お麻は走り出した。

菊新道は四区分されている日本橋旅籠《はたご》町のいちばん北側の通りだ。徳丸屋の本宅のある本町三丁目とはさほど離れていない。

ましてや〝子の竹〟のある浮世小路とは一本隣の道筋になる。

いわばご近所さんだから、徳丸屋の繁盛ぶりや、主人の砂兵衛が数年前に妻を亡く

している程度の事は知っている。

商家の主人は、店が大きくなればなるほど、金銭には吝《しわ》くなるという。ところが砂兵衛は、お波にかなりのものを注《つ》ぎ入れているようなのだ。

お波はそれをせっせと溜めこんでいる。いったん手に入った銭は一文たりとも使わない、と徹底しているから、いずれ念願の店を持てるようになるだろう。

菊新道から横町に入った突っつきに、お波の住む妾宅がある。

幅三間の黒板塀に、門かぶりの高野槇《こうやまき》は、いかにも妾宅めいて俗っぽいが、なかなかしっかりした普請《ふしん》の二階家である。

門の引き戸をがらりと開け、五歩も行けば戸口である。格子戸はすんなりと開く。

「お波さぁん、麻よ――」

喉いっぱいに呼ばわると、ばたばたとお波自身が出て来た。寝衣らしい浴衣の上に、当世流行《はやり》の派手な錦紗《きんしゃ》の袖なし羽織を引っかけている。

「いったい何があったの？」

「ともかく上がって……」

いつもの甘い声ではなく、お波のそれはかすれている。元気もない。

この家は階下に四畳半と六畳、それに下女部屋があって、段梯子を上がった二階は八畳の座敷になっていて、いかにもこぢんまりとした町中の妾宅である。

六畳の居間に向かい合って座る。お波が肩を落としながらも気を取り直したように言った。

「あのね、旦那がのうなってしもうた」

「え、えっ？」

一瞬、意味が判じられなかった。

「亡くなったんや」

今度はきっぱりと宣言した。

「いつ？」

「今日の朝がた……」

「この家でか？」

そうでなければ、たとえば本宅や他出先で死んだとなれば、これほど早く妾のところへ知らせが来るはずがない。徳丸屋の番頭あたりは、お波の存在を知っているだろうが、旦那が死んでしまえば、妾に義理立てする必要もないからだ。

「すごく元気そうだったけど、旦那は病持ちだったの？」

「そんなもんなかったと思います。でもああいう亡くなり方をする殿方がたまにいてると聞いていますわ」

「ああいうって？」

「いややわお麻さん、みなまで言わせんといて」

お波は赤くした顔をうつ向かせた。

あ、そうか、とお麻は思わず大きく頷いた。男の死に方としては至上なのか、不名誉なのかはともかく、俗にいう腹上死。

「それは災難だったねえ」

ほかの言葉がみつからなかった。

「うーんと唸ったきり、ひくりとも動かなくなってしもた旦那の体をやっとおしのけて、下女のおみつをお医者に走らせたんやけど、やっと来たお医者は一眼見るなり『もうこと切れている』と言わはった。それでも体のあちこちを叩いたりさすったりしていたけど、やっぱりあかん、と匙《さじ》投げはった。もう薄明るくなっていたから、おみつをご本宅へ走らせ、その間にわたしはお医者と二人で旦那に着物を着せて待ちました」

お麻が来たことで緊張がどっとほぐれたのだろう。お波の口が軽くなっていた。

「ご本宅が近くてよかった、というのも妙だけど」

「すぐに番頭さんと手代さんが駆けつけてきて、引いて来た荷車に旦那の亡骸《なきがら》を乗せると、あっと言う間に引きあげて行ってしもた。その際番頭さんが『後日あんたに訊ねたい事がある。それまでここを動かんように』とそれはそれはきつい顔で言わはった」

「何でしょうね」

「こっちに用はないんやけど」

突き放すような口調だった。

「ところでおみつさんは？」

「あの子ったら、どこにも姿が見えないのよ。旦那が変な死に方したので、怖くなったのとちがいますやろか。きっとそれで実家にでも逃げ帰ったに相違おへん」

変死となれば、しかるべきところへ届け出なければならないし、かなり厄介なことになる。

「だってお医者が診断《みたて》たんでしょ」

「急で重大な卒中にまちがいない、と太鼓判を捺《お》してくれはりました」

「よかった、それなら面倒はおきないわ」

人は贅沢な衣食住に馴れてしまうと、いざ凋落《ちょうらく》してもその暮らしぶりを変えたがらない。無理をしてでも以前と同じ質を保とうとする。結局、にっちもさっちも行かなくなるのだが。

お波のすごいところはそこだった。

徳丸屋佐兵衛が死んだ数日後、手代を連れた一番番頭がお波のところへねじこんできた。

「〝徳丸屋〟は押しも押されぬ大店です。そこの主人が妾を囲っても異存はありません。多少の冗費《ついえ》も許されましょう。しかしながら、あなたを妾にしたわずか半年ほどで、五百両もの大金が消えています。金蔵の鍵を持っているのは主人とわたしだけです。以前から浪費がすぎると主人をお諫《いさ》め申しておりましたが、このような事態になってしまいました。さて、主人があなたに渡された金子《きんす》は〝徳丸屋〟のものでございます。三十人もの奉公人が汗水たらして稼いだ金です」

つまり番頭《けんとう》はその金をお波に返せ、と言って来たのだ。

「それは見当ちがいやわ。確かに高値な小袖《こうじき》もたんと買うてもらいましたし、〝徳丸屋〟の妾に恥じない暮らしもさせてもらいました。そやけど番頭さん、旦那さまが米相場とやらいうのをやってらしたのご存知ないのんか。うちはおつむ悪うおすから米相場がどんなもんかわからしまへんけど、旦那さまはそれに大枚のお金を使うておられたんえ」

話の途中から番頭の表情がこわばってきた。

「おまえさまのそのような作り話を、信じるとお思いか」

おまえさま、という言い方に怒りと憎しみがこめられている。

「もしそんな大金がうちのところにあるのなら、お返しいたします。けど、うちが持っているのは十両かそこいらです。信じてください。旦那さまの御霊《みたま》に誓っても、けっして、けっして嘘は申しまへん」

必死の面持ちを浮かべるお波のあどけなさに、番頭はかすかなとまどいを見せた。

「米相場の話などきいたことがない。もしそれが本当なら、わたしに相談があるはずだ」

大金がここにあるという番頭の確信がわずかにゆらいだようである。

「いいえ、旦那さまはまだ誰にも内緒だよ、とおっしゃっておられました。そのほかのことはわたしも知りまへん。きっとわたしのような阿呆《あほう》に喋ってもようわからへん、と思わはったんでっしゃろ」

米相場に手を出したとなれば、その取引を記した書面があるはずだ。それが出ないと金の流れはわからない。

そのような書面はあるはずもないから、番頭の探している金は闇に消えたままだ。

腕を組んだ番頭の苦《にが》りきった顔を気の毒そうに見ながら、

「信じていただけないのは哀しおす。床下も天井裏もどうぞとことん探してください。そうやわ、ご得心がいくまでこの家をお好きに探してください」

お頼みします、とお波は畳に両手をついた。

そもそもくれてやったものを返せ、と言うのはいささか無理がある。正式な賃貸関係があるのなら法に訴えることができる。だがこの場合、金公事《くじ》（訴訟）にすら当たらない。

とはいってもお波としては、この場できれいさっぱり片をつけたい。あとあとまでぐじぐじねちねちとつきまとわれてはたまらないのだ。

「そうだわ、旦那さまに買《こ》うていただいた小袖が二十枚ほどあります。どうぞこれをお持ちになってください。お嬢様たちにもようお似合いと思いますぅ」

「おまえさまの手垢のついたものなど、持ち帰れますかッ。穢《けが》らわしいッ」

このときお波は着物類は古着屋に売ってしまおうと、決めた。

畳を蹴立てて退去する番頭のうしろ姿に、お波はていねいなお辞儀をした。それからにっこり快心の笑顔になった。

嘘つきお波の勝利。

日ならずして、お波は菊新道の家を引き払った。家具調度品も売り払い、風呂敷包み一つを抱えてお麻を訪ねてきた。

どこぞの料亭を紹介してほしい、という用件だ。

「また仲居の仕事にありつきたいの。さもなければお運びでも見習いでも何でもよろし。給銀はそこそこで、住み込みにしていただきたい。ただし客筋は上等の店にして――」

というものだった。

「まだ稼ぐつもり？　偉いわねぇ、五年や十年遊び暮らせるだけの金を溜めたでしょうに、振り出しに戻るなんて、そうそうできることじゃないわ」

半ばあきれ、感心するお麻に、

「貧乏人は貧乏に馴れているけど、うちは貧乏を知らないの。知らないことほど恐ろしいことはないのとちがう？」

しごく真面目な眼つきのお波だった。

「だけどうちで喰い逃げしそこなったとき、あなたひどい貧乏をしていたんでしょ」

少々からかい気味のお麻だ。

「そうよ、だからわたしは死のうと思っていたの。それなのに美味《おいし》しそうなにおいを嗅いだとたん、死ぬのを忘れてしもた。もう二度と貧乏はいややッ」

「あんた、住み込みになるのなら、余分なお足を持っていっちゃだめよ。ほかの女中と相部屋だから、いらぬ悶着の元になる」

「ご心配なく、銭しか持っとりまへん」

「まあ、どこかに隠したのね」

うふふ、とお波は心地よさそうに笑った。

七

深川八幡宮前の料亭〝奈加川《なかがわ》〟の広い階段の下である。

「おい、欣《きん》や——」

呼び止めたほうも、呼び止められたほうも座敷着の留袖《とめそで》姿の芸者であった。

「おや、小吉《こきち》姐さん」

粋と婀娜《あだ》さが匂い立つような欣やが、柔らかいかすれた声を出した。

「おやっ、てえ挨拶があるかい。夕べおまえさんに押しつけられたあの客、厭な野郎だったねえ。夜っぴてしつこいったらありゃしねえ」

「まんざらでもなかったろ」

欣やがみだらな眼をした。

「莫迦《ばか》言うねえ。それよりおまえさんだって二枚証文だろう。それだのに、あの客は厭だ、この客は好かねえなどとほざいているって、抱え主はプンプンだ。いったいどういうつもりなんだい」

深川芸者が、いわゆる辰巳の羽織のと呼ばれた当初は、芸のみの一枚証文であったが、それから七十年後、いまや色と芸を兼ねる二枚証文の芸者がほとんどになっている。看板であった羽織も着ない。

「ここんとこ、体がだるくってさ。こんな調子で客をとったんじゃ、元も子もなくしちまうさ。ともかく、昨夜の礼は言っておくよ」

丸抱えの欣やと自前芸者の小吉のやりとりを何げなく聞いていたのが、お波だった。

徳丸屋砂兵衛に死なれたあと、奉公先の地は深川がいい、と選んだのはお波自身であった。

深川には一種独特な気風がある。代表する深川七場所のほかに、いたるところに岡場所があった。それだけにくだけた趣《おもむき》が武士や町人を問わず人を受け容れ、遊興の場として賑わっている。八幡宮の一帯を除けば、木置場があり、果てしない大名屋敷のつづきがあり、四通八達した堀川が流れ、水郷の地でもある。

猥雑な岡場所ばかりではなく、女子供の物見遊山にもよく、情緒あふれる庶民の町だ。

当然、名物の食べ物茶屋も多く、〝二軒茶屋〟や、〝平清《ひらせい》〟といった高級料亭もある。そのような土地柄が面白そうだ、とお波の希《のぞ》みを受けてお麻が八方手をつくした。そしてこの〝奈加川〟に、座敷女中としての口が決まった次第。

今宵は中秋の名月。運よく薄暮の空は晴れ渡っている。

東に大きく窓を開けた二階座敷は、三部屋ともすでに月見の宴が始まっていた。お波の受け持ちの席は、廊下の一番奥の座敷だった。

客は駿河屋《するがや》藤三郎《とうざぶろう》という乾物《かんぶつ》商である。この店に勤めてまだ七日目のお波は初対面になるが、番頭の話では、ここ半年来の客で、そこそこ上の部類らしい。

銚子をのせた盆をささげて、お波は座敷へ入った。

間取りは十五畳ほど。客が六人対座している。それぞれの前に本膳のような足付膳と煙草盆が置かれ、三人いる芸者が如才なく酒をすすめている。芸者のひとりは欣やだった。

その欣やが下座の客に膝でにじり寄り、ほっそりとした指で銚子をかかげた。

「わたしはいいから、お客人にすすめておくれ」

と、言うからには、その下座の男が藤三郎ということになり、あとの五人が招かれた客らしい。客は江戸の海産物問屋の面々ということだった。

「はい」

欣やは素直にほかの客のほうへ移った。世辞を言う欣やの声が、お波の耳にも艶《なまめ》かしく聞こえてきた。

盆を持ったまま、どこへ置いたらよいのかまごついているお波に、

「初顔だね」

と、煙管《キセル》を吸いつけていた藤三郎が笑いかけた。

歳の頃は三十七、八。陽に灼けた顔は面長で、目鼻立ちは整っているが、大きな丸い眼と八の字に下がった眉が愛嬌たっぷりだ。声も朗《ほが》らかに大きい。

「お波と申します」

「うん、いい名だ。それに何とも愛らしい顔をしている。さ、酌をしておくれ」

染付けの盃をさっとつき出す。ちらりと見える結城紬《ゆうきつむぎ》の紅裏《もみうら》がいかにも洒落《しゃれ》ている。

立てつづけに三つ、盃を空けると、

「やるか?」

藤三郎が盃を差し出す。

「いえ、のめまへん」

「ほう、出は上方《かみがた》か?」

黙って、お波は上目づかいに微笑《ほほえ》んだ。

「茶屋の女中にしておくにはもったいない器量だ」

あけすけにお波の眼をのぞきこみ、悪戯《いたずら》っぽい笑みを口辺に浮かべた。

「おや、真面目な駿河屋さんらしくもない。それとも女嫌いを返上ですかな」

客のひとりが茶々を入れると、一座の客たちも口々に「面白うございますな」「首尾が楽しみだ」などと囃《はや》し立てる。

「ご一同、わたしとて女子《おなご》を嫌いではございません。これでもかつては女房もおりましたし、思う女もおりました。しかしいまは寝ても醒めても商いのことばかりです。江戸で小さいながらもお店《たな》を持ててまだ半年。おかげをもちまして、本日お集まりの方々のご厚情で、どうにか商いの道筋がつきはじめたところです」

生真面目《きまじめ》に言って、藤三郎は深く頭をさげた。

「確かに駿河屋さんは新参者だ。しかしご実家が沼津では聞こえた卸問屋とのこと。さすがに扱う品は上物ばかりですな」

客のひとりが満足げに言う。

「しかもかなり値も抑《おさ》えてくれている。ありがたいですな」

別の客も同調する。

「わたしどもが江戸店《だな》を持つためには、みなみなさまのお引き回しこそが大切と存じております。昆布に鰹節、干魚、その品の良さをおわかりいただくために、利潤はあまり考えておりません」

膝に手を置いて、藤三郎はもう一度、頭をさげた。

江戸に駿河屋の子店《してん》を持ちたいということで、藤三郎はわずかな伝《つて》をたよりに、江戸の商人たちと渡りをつけることに成功した。

それは沼津に駿河屋という海産物問屋がある、ということを知る者が江戸の商人の中にいたこともある。現当主は藤三郎の兄で、江戸店を出すことに反対はなかった、という。むしろ、商いが軌道に乗るまでは協力は惜しまない、とも。

藤三郎の、江戸の商人たちへの説明はこうだ。

『手始めに小売もいたしますが、問屋への卸が重要です。品物は兄の本店から回してもらうことになっています。本店には大型の押し送りの持ち舟がありますので、それで江戸まで荷を運んでもらいます。商いは小さくとも、回船問屋を使うよりかなり安上がりです』

したたかな江戸の商人にとって、仕入れの安さは大きな魅力である。しかし用心深く、初回は手付金なしの現物取引だった。

二度目の取り引きが円滑に進んだのは、発注してから荷の届くのが早かったこと。上質な品だったこと。満足した商人たちは、手付金の二十両ずつを支払ってくれた。そして今回、五度目の発注を受け、その礼として五人の、取引商店主を招いたのだった。

「みなさんご同様だと思いますが、そろそろ様子見の頃合もお終《しま》いではありませんか。これまでの取り引きはつつがなくすみましたし、駿河屋さんのお人柄は信用していい、とわたしは存じますよ」

好意ある言葉を受けて、別の客が頷きながら、にこやかな顔を藤三郎に向けた。

「いずれ駿河屋さんはわたしどもの商売敵《がたき》となりましょうが、いまは便宜をはかっていておくれだ。注文の品も前回とは比べ物にならないほど多いし、それだけに手付けも張る。しかし、きっとわたしどもの期待に応えてくれると信じていますよ」

「もちろんです、もちろんです。商人は信用第一と心得ておりますから、どうぞみなさまご安心願います」

姿勢は動かさないが、どこか見得を切った役者さながらの藤三郎だ。

「これで駿河屋さんの先行《さきゆき》も心配なさそうだ」

「ありがとうございます」

「だったらそろそろ女もいいではないか」

年かさの男がけしかける。

「考えてみましょうか」

そう言って藤三郎は、お波をじっと見ながら笑い声を立てた。

「いけませんねえ、駿河屋さん。そんなおぼこに罪なことしなさんな」

欣やのかすれ声が向こうから飛んできた。

――おぼこ、とは、擦《す》れっからしの芸者のわりに、人を見る眼がないもんや。

うつ向きつつ、お波は腹の内で独《ひと》りごちた。

「妬《や》くな妬くな。おまえにもいい男《ひと》がいるんだろ」

「誰が妬くもんか、いけすかない駿河屋さん」

ざわざわと笑いが立って、

「お、月が出た」

藤三郎の声で、みないっせいに窓のほうを向いた。

窓の手前に小机が置かれ、すすきと団子がしつらえられている。空はまだ暮きってはおらず、開け放たれた窓から吹きこむ汐風《しおかぜ》が、さやさやとすすきの穂をゆらす。

庭つづきに植えられた黒竹《くろちく》と萩の群れが薄墨色に静まり、その上に石竹色《せきちく》に染まった団々《だんだん》たる月が輝いていた。

八

ここ〝奈加川〟では客座敷の掃除をするのは、前の晩にその部屋の係になった女中の役目である。

閉めきった部屋に、前夜の酒の匂いがこもっている。お波は大急ぎで窓を開けて風を入れた。

お波が嘘をつくのは金蔓《かねづる》に対してだけではなかった。何の得にもならないような小さな嘘が、つい口をついてしまうのは、本人に良心に背《そむ》くという自覚がないからだろう。自分では気づかない癖みたいなものだ。

それでも人に指摘されたり、首をかしげられたりする。つい嘘を忘れているからだ。だから独《ひと》りでいられるときとか、お麻のところでしか酒を呑まないように自らいましめている。

酔えばついぽろりと本音が出てしまう。あるいはとめどなく嘘の上に嘘を重ね、途方もない妄想に陥《おちい》ってしまう。

呑みたくて、喉から手の出るほどの欲求も、青痣のつくほど尻をつねって我慢しているのに、昨夜の客の駿河屋藤三郎は罪な男だった。

『やるかい？』

だなんて。

大きく広げた両手をばたばたと煽《あお》り立て、懐かしいような恨めしいような酒のにおいを追い出しにかかった。

手桶の水で雑巾をすすぎ、固くしぼって畳を拭く。その前に出しっぱなしになっている座布団をまとめにかかる。最後の六枚目を片づけようとしたとき、

「あら煙草入れ……」

客の忘れ物だ。

この席は藤三郎の座っていたところだし、煙草入れも見憶えのあるものだ。

帳場の番頭に差し出すと、

「おまえ、駿河屋さんに届けて来い」

と、苦い顔で言う。

「うちがどすか?」

「客の帰りぎわにきちっと気を配らないから、こういう余計な手間がかかるんだ。いま手の空いている者はおらん。おまえ行って来い」

お波は女中部屋に戻った。陽の当たらない畳のじめっとした八畳に、四人の女中が住み込んでいる。

着替えて行こう、とお波は思った。料亭の女中なら、仕事着の木綿の間道縞が相応だし、外出《そとで》しても不都合はない。けれどもなぜかお波は自前の着物にしようと思ったのだ、冴えないお仕着せの木綿物に飽きあきしていた、というところだろう。

菊新道の家を引き払ったとき、家具調度や衣類を古物商に引き取らせたが、どうしても手離したくない長着二枚と帯一本だけは残しておいた。

四季の花を散らした華麗な加賀友禅と、紺地に総菊大模様のどちらにしようか、と迷った末、迫力はあるが落ち着いた紺地の着物に決めた。

〝奈加川〟を出るまで誰にも出会わなかったが、奉公人たちはそれぞれの持ち場で忙しく立ち働いているからだろう。

ただ、裏口の門のところで庭を掃いていた下男の老人が、丁寧に腰を折って見送ってくれた。〝奈加川〟には表座敷とは別に、奥座敷が二間ある。女連れで泊まる客もいるからで、老人はお波を、人眼を忍んで朝帰りする女客とまちがえたようだ。

番頭が教えてくれたところによると、駿河屋は深川佐賀《さが》町に店をかまえている、という。佐賀町は永代《えいたい》橋近くの大川沿いと油堀の左右にあって、わりと広い地域を占めている。

富ヶ岡八幡宮の門前からは、右に左にと何度も曲がりながらも、ずっと堀沿いの道を辿って行ける。まだ陽射しは強く降りそそぐけれど、気持ちのいい涼風が堀の水面を抜けていく。

「こりゃ驚いた」

お波を見た藤三郎は、素《す》っ頓狂《とんきょう》な声を張り上げておどけて見せた。

「こんにちは」

お波も明るい声になった。

「すっかりお見それしちゃったが、昨夜《ゆうべ》の別嬪さんじゃないか」

「ここどすかァ」

油堀の両側は二間幅ほどの通り道になっている。中ノ橋の向こうは大川でそこから引きこまれた堀には、荷船や猪牙舟《ちょきぶね》の往来がひっきりなしに上下している。

軒《のき》の掛看板に〝駿河屋〟とある店は、間口三間、奥行も三間ほど。先が板の間になっていて、片側に寄せて帳場がある。障子を閉じたその奥が、どうやら住まいになっているようだ。

堀に面しては商店や倉庫がびっしり並んでいて、なるほどここは荷揚げにはいたって便がよい場所だ。

「へえ、お粗末でござい」

看板を見るまでもなく、昆布のいいにおいが路上まで溢れたっていて、その所在を示していたのだが、店の中には思っていたほど商品はなかった。

「ご繁盛どすな」

「お陰さまで、大方のものは捌《は》けてしまって、ちょうど品薄になったときでね」

気楽そうに揉み手をしてから、その手を前垂《まえだ》れにこすりつけた。それからふと思いついたように、

「それで、どんなご用向きで――？」

と、使いの子供に向けるような優しい眼で訊いた。

「あ、そうどした、あの、お忘れになった煙草入れをお届けにまいりましたのえ」

小布《こぎれ》れに包んで袂に入れておいたものを取り出した。

「やっぱり――朝になって煙草入れがないのに気づいたんだが、やはり忘れてきましたか。ああ助かった。これはかなり気に入っているものですから、戻ってきて嬉しいですな」

「お役に立てて、わたしも嬉しおす」

嬉しい、という言葉を、こんなに素直に口にするのは初めてのような気がする。これまでは、捲《ま》きあげるつもりの金子《きんす》をまんまと手にしたとき、高価な衣類や装飾品を買ってもらったとき、大げさだが巧妙な口調で男心をくすぐったものだが、その場合の嬉しい、といまの嬉しいのはあきらかにちがう。浮き立つような気持ちで、お波はそう思った。

九

地味な木綿縞の着物をきっちりと着て、角帯に前垂れ姿はいかにもお店者《たなもの》だが、銭勘定だけが命の商人にありがちな、いかにも律儀で窮屈そうな様子は、藤三郎にはなかった。底抜けに明朗で闊達な性分らしい。

「わざわざ届けてくれたのに男所帯じゃ何の愛想もねえ、そろそろ時分《じぶん》どきだ。そこの蕎麦屋でそばでもたぐろうよ」

お波の返答も聞かず、前垂れをはずした藤三郎は、

「ちょいと出て来る」

手持ち無沙汰にしている若い手代に言うと、先に立って店の外へ出た。

お波は蕎麦は好きではなかった。江戸の濃い味にもどうにか馴れたこの頃だが、そばの汁だけはしょっぱくていけない。

それでも藤三郎がずんずん歩いて行くので、仕方なくお波もあとを追う。

ほんの一丁ほど離れた道の並びに、何の変哲もない小体《こてい》な蕎麦屋があった。表に置かれた行灯看板を回りこむようにして店の油障子を開ける。

そろそろ昼どきだから、客は多かった。それでも空いている飯台がある。どうやら藤三郎は常連らしい。片だすきの店番の冴えない中年男によっ、と声をかけ土間に据えられた空樽に腰をかけると、お波を手招いた。

「そば前、頼む、一つでいい」

へい、と店番が奥に引っこむと、すぐに湯呑みの酒と金山寺みその小鉢を持ってきた。

昨夜、酒をすすめられたお波が『呑めまへん』と言ったのを、藤三郎は憶えていたからこそ、酒の注文は一つだったのだ。

たかが給仕女の些細なことすら憶えているというのは、存外この男見かけよりは繊細なのかもしれない。

そう思うと、お波は藤三郎に対してどこか打ちとけたような気分になっていた。

「いやあ、本当にびっくりしたなあ。そんな豪奢なお召し物なんぞ、どこの大店のお嬢さまかと恐れ入っちゃうなぁ」

「料亭の女中風情《ふぜい》が、とお思いなんでっしゃろ？」

「だって一両や二両で買える代物《しろもの》ではないでしょう」

「じつは京の実家が呉服屋なんです」

つい本当のことを言っていた。

「そうでしょう、そうでしょう。それで得心だ。どこからどう見てもそこら辺の貧乏人とは居ずまいがちがう。おっとりしていて美しい、じつに美しい」

本心を裏づけるように、藤三郎は自分の言葉に何度も頷いた。

――あなたは美しい。

という耳馴れた言葉も、藤三郎の口から発せられると、ひどく新鮮に聞こえるから不思議だ。

「そのお嬢さんが何ゆえ江戸で女中奉公なんぞしておられる?」

「いろいろありまして……」

「いや、言わんでもよろしい。人にはそれぞれ事情がある。生きていりゃ、世の中、意に染まぬことばかりだ。自分の思いどおりにいかないのが世間だ、と割り切ってしまえば、肩は軽くなる。深刻ぶることもないさ」

ぐびと湯呑みを空けると、藤三郎はもりそばに取りかかった。

「うち、いずれは、この江戸で商いをするつもりどす」

「ほう、どんな商売です?」

そばをすすりかけ、藤三郎は上眼づかいで訊く。

「まだ決めてまへんけど、小商いではなく、大店の暖簾分けくらいのお店にはしとうおす。ですからもう少し元手を貯めないと――」

「そりゃ凄い！　大店の一番番頭の暖簾分けの金高は、だいたい二百両くらい、と聞いている。それをおまえさん貯めているんだ。おっといけないねぇ、そんな話を他人にするもんじゃない。わたしが悪党でその金を狙わんともかぎらんじゃないか」

「ご心配なく、こっちはそんなに甘くないし、ご公儀公認の知り合いに預けてますよし」

「それなら安心だ」

「それに駿河屋さんは商売ご繁盛で、二百や三百の金子など端金《はしたがね》とちがいますぅ？」

「うふっ……」

とむせて、藤三郎はつづけた。

「ここだけの話だけど、じつは駿河屋の金箱はいまのところすってんてんなんだ」

「はぁ……？」

「店先に荷が少なかったでしょう。客が来れば売るけど、小売なんてたかが知れてる。わたしの商いの狙い目は問屋だ。その根回しとして儲けのない取引をしてきた。そしてやっとどうにか信用を得ることができるようになった。だから本当の儲けはこれからなんだよ」

八の字眉の下の大きい眼をきらきらと輝かせて、藤三郎は白い歯を見せた。

「楽しみどすなぁ」

「昨晩、〝奈加川〟へ招いた五軒の問屋と大きな商いが成立した。明日、その手付金を集金することになっている」

「手付金て、何ぼどすの？」

「言わない」

「ケチッ」

「内緒だぞ、内緒。絶対に言うな、誰にもな、お波さんだから話すんだ」

「じれったいお人どすな」

「二百五十両」

どうだ、と藤三郎は胸を張る。

「す、ご、い」

「だろう。明日その金を持たせた金飛脚を沼津まで走らせる。そしたら本店で荷をそろえて送り出す。荷が江戸に着いたら、残金を払ってもらう。と、まあこういう次第だ」

「いつになりますの」

「凪しだいだが、海が荒れなければ五、六日もあれば首尾は上々、となる」

「荷を届けて残りの代金をもらう。そうすればつぎはもっと大きな商いができる。そうして、〝駿河屋〞はどんどん大きくなる……そうどすな」

「そうどす」

い、しなまで作って、藤三郎はおどけて見せる。

「楽しみどすなぁ。そうや、いずれ身代《しんだい》が大きゅうなったら、うちを花嫁御寮にしておくれやす」

自分でも思いがけない言葉が口から飛び出した。そして眼裏に懐かしい面影を見ていた。幼い頃可愛がってくれた兄と眼の前の藤三郎の面立ちが、どことなく似ているのだ。

――いややわ、いまごろ兄さんを想い出すなんて、里心《さとごころ》がついたのかしらん。

一人娘を勘当した薄情な両親への反抗心に支えられ、肩肘張って生きてきたけれど、肉親の情が恋しくなったのか。ふと湧いて出たそんな弱気の虫を、お波はけなげに追い払っていた。それから藤三郎の女房になった自分を空想し――それも悪くない。と思った。

「いずれ……か」

　吸いつけていた煙管の雁首《がんくび》をカンと灰吹きに叩いて、藤三郎は小さく呟《つぶや》いた。

「いますぐにってのはあきまへんえ、うち、大店のお内儀なら納まってやってもよろしおす」

　いまの藤三郎は空《から》っ穴《けつ》だが、このぶんなら遠からず大商人の仲間入りができそうだ。

「お、そうだ」

　懐がやけにふくらんでいて、いつの間に入れておいたのか、藤三郎が取り出したのは、歯を合わせた下駄だった。

「駿河塗りっていうんだ、きれいだろう」

　漆に螺鈿《らでん》細工をほどこしたいかにも高値そうな女履物である。

「どこぞのお姫《ひい》さまが履きそうね」

「あげる」

「なんで……？」

　これまで男から物をもらうのに理由など聞いたことがない。しっかりとした下心《したごころ》があるからこそ、男はお波に物を買い与え、金子を与える。お波はもらい上手だが、もらい馴れしすぎていて、感動することを忘れていた。

「おまえさんに似合いそうだし、煙草入れを届けてくれたお礼だな」

「おおきに」

大切にしよう、と素直な気持ちで思った。新鮮な喜びがじんわりと体じゅうを巡っている。

十

深川猿江《さるえ》町の〝利根川屋《とねがわや》〟の寮を出たお麻と栄吉は、六間堀《ろっけんぼり》にかかる船着場までやって来た。

〝利根川屋〟というのは代々、江戸きっての材木商である。当代の主人は、三代目の丹二《たんじ》である。

本材木町に本宅のあるその〝利根川屋〟へお初が奉公にあがったのが、十一歳のときだった。十七歳で治助と夫婦になるまでの六年間、よく立ち働いた。利発で目端《めはし》のきくお初を、丹二は妹のように可愛がってくれた。その丹二も五十をすぎ、堂々たる風貌の大商人になっている。剛胆さとあたたかな性格を合わせ持った男である。

お初がその丹二にたいそう恩義を抱いているのは、こうだ。

日本橋の目抜きにつながる浮世小路の〝子の竹〟のある地所は、町年寄の樽屋藤左衛門が幕府から拝領した土地である。

場所柄、商いをするには高額な元手が要る。五年割にしてもらった敷金《しきがね》の百両に、月々の地代に家賃、それに使用人の給銀は、何がさて耳をそろえなければならない。

六年前に出店した当初は、どうにも金策が立たないときが何度かあり、お初は丹二に泣きついた。

「おまえと治助なら、かならず成し遂げられる。くじけるな」

そう言って、丹二は不足分を貸してくれたのだ。

丹二の予言どおり〝子の竹〟はまたたくうちに繁盛店にのしあがった。

その恩を終生忘れまいと、月に一度、丹二が寮にいると聞けば、お初は板長の藤太に自ら指示して、心づくしの料理を作らせる。

その重箱をとどけるのが、お麻の役目なのだ。中身は――。

かわはぎの肝みそ煮、車えび煮こごり、はぜとめごちの衣がけ、むしあわび、黒鯛の塩焼き、それに松茸とぎんなんの炊きこみご飯。

船着場では客待ちの小舟がもやっている。さっそく乗りこもうとした栄吉の袖を引いて、お麻が言った。

「ちょいとお波さんの顔を見て行かない？」

「もう腹はくちいよ」

訪ねた丹二のところで、銚子つきの昼餉《ひるげ》を招《よ》ばれている。

日に一度は〝子の竹〟へ食事を摂《と》りに立ち寄る栄吉だが、接客に忙しいお麻とは、二人きりになるのがなかなか難しい。そこでお麻に外出の用があるときは、栄吉も廻り小間物の商いを怠けては、同行したりする。それが江戸郊外なら、さだめし野駆け（ピクニック）気分である。

「座敷に上がるんじゃなくて、文字どおり顔を見るだけよ」

ハクセキレイが鳴き交わす水辺の道を、二人は深川八幡宮の方向へ辿って行った。

二人の顔を見たお波は嬉しそうに笑みくずれた。この江戸に一人も身内のいないお波にとって、何くれと案じてくれるお麻は、本音で語れる大切な姉のような人になっている。

「お二人に会っていただきたいお人がおます」

白い顔をほんのりと染めて、お波は、栄吉とお麻を交互に見た。

「おや、もう旦那を見つけたの。なんて腕のいいこと！」

いかなる手練手管《てれんてくだ》を使ったのか、とお麻の腰が思わず引けそうになる。

「そんなんとちがいますえ。でもいずれ、ずっと先かもしれへんけど、そのお方の女房になりとうおす」

「それは目出たいね。してどんなお人で……」

栄吉が関心を示した。

「乾物を扱っている商人で、うちと気の合うお人どす。それに京のうちの兄さんに似ていて、おおらかな気性までそっくりどす」

「会うのはいいけれど、向こうさまの都合もあるんじゃないの」

お波とその相手との間にどれだけ話が進んでいるのか、とお麻は危ぶんだ。お波の一方的な思いこみということだってある。二人の出会いはまだ浅いだろうから。

もっとも男女のことだ、一目惚れもあれば、会ったとたん男と女の関係になってしまう組み合わせもあろう。そうなれば、一日も一年も変わらないようにも思える。

「いいえ、早いほうがよろしおす」

ちらとお麻を見たお波の眼にずるそうな色がかすめた。

もし男に逡巡があるのなら、周囲から固めるのも一つの手だ。公言することによって男の決意をうながし、抜き差しならぬようにしようというお波の魂胆《こんたん》が見えた。

「お麻さんも栄吉さんもこれから付き合っておくれやす」

「だってあんた、お勤めがあるでしょう」

「今日のお座敷は七つからですよって、一刻ばかり空いていますの」

すぐに来ます、と言ってお波は水口《みずぐち》の中へ消え、じきに戻ってきた。襷《たすき》と前垂れをはずし、木綿の仕事着のままだ。こちらへ歩いて来る足元が、ばかに光っている。

よく見れば漆塗りの新しい下駄を履いていた。

「駿河屋藤三郎にございます」

いかにも根っからのお店者らしく、膝の上に両手をそろえきっちりと板についた挨拶をする。

どんなに親しくはあっても、お波の後見人というわけでもないお麻と栄吉は、いささか面映《おもはゆ》い思いで名乗りをあげた。

板の間の上がり口に三人そろって腰をかけ、若い手代の淹《い》れてきた茶をすする。

「あ、美味《うま》い」

酔いざめの水が欲しいところだったので、栄吉なぞいっきに喉を鳴らして流しこむ。

「茶どころですので――」

明るい目で、生国の駿河を藤三郎は自慢して、

「お替わりを持たせましょう」

よく気のつく男だ。藤三郎が座を立って奥へ消えたが、すぐに戻り、手代が茶を運んで来た。

「どうぞ」

盆ごとおいて、手代は外へ出て行った。使いにでも出されたのだろう。

しばらく当たり障りのない世間話をしていると、客らしい男が入って来た。いや、戸口のところで藤三郎を手招いているから、客ではなさそうだ。

藤三郎は板の間を下りて戸口まで歩いた。

素袷せの中年男が、藤三郎に何事かささやき、何度も頭をさげている。手を合わせてまでいる。

「うん、五両か、悪いな元《げん》さん、ウチもごらんのとおりだ」

中年の元さんと呼ばれた男は、藤三郎の袖にすがった。

「何とかならないか。五両あればどうにか切り抜けられるんだ」

「しかしなあ、ない袖は振れないよ」

「頼む、助けてくれ。五両あれば一家心中しなくてすむんだ」

「脅かすなよ、そうだ、元さん、こうしよう。五両の代わりにウチにある荷を全部もっておゆき。そしてどこぞのお店に買ってもらうといい。叩き売っても五両くらいにはなるだろう」

「いいのかい？」

「おう、いいともさ」

「ありがてえ、この恩は一生わすれないぜ」

いったん戻ってきた手代が再び姿を消し、すぐに荷車を引いて来た。

そして元さんと手代の二人で店内の昆布や鰹節を荷台に積んでいった。

がらんとなった駿河屋の店内で藤三郎はさばさばした顔をしていた。

「ずいぶんと思いきっりがいいんですね」

商売物は鰹節一本残っていない。どうするのか、と他人事《ひとごと》ながらお麻は気にかかる。

「いや、三日の辛抱なんです。三日後には沼津の本店から荷が届くことになっている。そうすれば発注元の各問屋から残金が入りますし、ウチ用の荷もそろう」

「太っ腹どすやろ」

まだ藤三郎の手一つ握ったことのないお波が、誇らしげに感嘆する。もう女房きどりだ。

駿河屋を出ると、栄吉が、

「面白いものを見せてもらったね」

と、つまらなさそうに言う。

お波は〝奈加川〟へ戻り、お麻と栄吉は油堀にかかる中ノ橋から小舟に乗った。

快晴だった空が薄暗くなっている、南よりの風が強く、雲が早い。空気がじっとりと湿っている。

十一

その晩から野分《のわき》になった。

江戸の町は篠突《しのつ》く雨に叩かれ、咆哮する風に揺すられた。

〝奈加川〟も不時の休みである。店主をはじめ住み込みの奉公人は総出で畳を上げ、鍋釜什器などを高い場所へ移して出水に備えた。

もともと本所深川は低地である。湿地帯も多く、夏は蚊にたかられ、大雨には水が浸《つ》く。

ひととおり片づけがすみ、一同は二階の座敷に集まった。店主ほか男女八人が行灯を囲んでひと塊に身を寄せ合った。

夜が更《ふ》けるにつれ、烈風と豪雨の荒れ狂う不気味な音が、この世のすべてになる。瞬時、弱まったかに思えた風が再び吹きつけ、軒をひきめくるほどの烈《はげ》しい音を立てる。そのたびに家屋は地震のように揺れた。

「おお、怖《こわ》！」

女中たちが抱き合い、男たちも不安げで落ち着かない。

「心配するな。ここは眼の前が海だが、知ってのとおり州崎《すざき》から松平様のお屋敷側にかけて、土手になっている。よほどの高潮でないかぎり、水が来ることはない。いままでもなかった。むしろ竪《たて》川や六間堀のほうがすぐに水が出るんだ」

その言葉を裏づけるように、店主の表情は落ち着いていた。

「そうですね、海からの高潮よりも増水した大川の水が一気になだれこむそうで、……」

古くからいる番頭も事情に明るい。

どこかで板の引き裂《さ》けるような音がして、お波の心の臓が縮みあがった。それからはっと胸が別の脈打ちかたをした。

「番頭さん、油堀《あぶらぼり》の辺りはどうなんでしょう」

「油堀？　あ、駿河屋さん、油堀のかなり大川寄りだったね。このぶんじゃあそこは危ないね」

突然、お波はすっくと立ち上がった。いまにも走り出しそうな様子に、

「あんた、いったいどうしようというのさ」

朋輩《ほうばい》の声がかかる。

「わたし、見てくる」

「あぶないからおよしなさい。何が飛んでくるかわからないし、水が上がっていれば、堀と道の区別もつかない。流されたら一巻の終わりだよ」

着物の裾をつかんで離さないのは、朋輩の親切心だ。

「おまえ、駿河屋さんにどんな義理があるんだ、え、あるのかい」

じろりとにらんだ番頭の眼が、行灯の明りを吸って赤く滲んでいた。

「ありますえ。そやかて他人《ひと》に話す筋のもんとちがいます」

「ふしだらは御法度だぞ」

「ふしだらだなんて……」

ただ藤三郎の身を案じているだけなのに、自分の真心を汚されたようで、お波の眼の奥がちかちかした。怒りの線香花火だ。

「女中に芸者のまねをされたんじゃ、しめしがつかん」

客に体を売った、と番頭はいやらしい想像をしているのだ。

どん、と足踏み一つして、番頭の言《げん》をしりぞけた。

「行きたければ行くがいい。しかし何があろうと自分の行ないには自分で責めを負うのだぞ。それが大人《おとな》というものだ——やめとけ、おまえが命がけで行ったところで、何の役にも立たん」

店主の言うことは正しい。この野分の中を無鉄砲に飛び出したところで、他人に迷惑をかけるだけかもしれない。それに手代と二人、大の男じゃないの。それに幸か不幸か店の品物はすべて元さんにくれてやったも同然だし、どう見ても金目のものはありそうもない。

一切合財身《いっさいがっさい》一つなら、悠々と避難できて当たり前だ。

そう考えると、お波の全身から力が抜け、へなへなと座りこんでしまった。

遠くで早鐘《はやがね》が鳴っている。やはり水の出た場所があるのだ。

藤三郎は無事、と確信していても、凄まじい風雨の音が、やはり不安を掻き立てる。

泥と化した通り一面、ものが散乱している。どこからか飛んできた板戸、折れた枝、桶や下駄やゴミの山が、水の引いた道に泥まみれになっている。

両側の家々も門前町をすぎて大川に近づくにつれ、水の被害が大きくなっていた。

夜半をすぎると、風も雨も嘘のようにぴたりと止まった。外へ出て天をあおげば、刃物のような鋭い星の瞬《また》きがお波の眼を射る。

その東の空が白みはじめると、〝奈加川〟では野分の後片付けに取りかかった。店主の言ったとおり浸水はなく、今夜にも商いができるようにと、その支度に総動員がかかったのだ。

そんな慌《あわただ》しさを横目に、お波は店を飛び出していた。藤三郎のことを考えれば、奉公などそっちのけになる。着物の裾をたくしあげ、水色の二布《ふたの》もあらわに足を急がせた。

道々、人々の話し声が断片的に耳を騒がせる。

「熊井町のほうじゃ、繋《つな》いでおいた舟がだいぶ流されたそうだ」

「大川にはいくつも死体が浮いているって話だぜ」

もしや……まさか……。

こういう場合の予感は、悪いほうへ悪いほうへと流されてしまう。

頭の中が痺《しび》れたようになって、お波は無我夢中で駆け出していた。下駄の歯が泥に取られ、二布を跳《はね》だらけにして走った。

千鳥《ちどり》橋辺りまで来ると、状況は悪くなっていた。水は引いているが、家々の床の上まで水が押し寄せたらしい。どの家も水や泥を掻き出したり、狭い路上に洗い物を干したりしているから、真っ直ぐ歩けない有様だった。

息せき切ったお波が、やっと駿河屋に辿り着いた。開いている戸口から飛びこもうとしたそのとき、藤三郎がひょいと顔を出した。

「あ……」

と、同時に口を開けた二人の眼がぶつかった。

お波の胸の中を熱いものが雷光のように走り抜けた。

「ああよかった。無事でなによりでしたえ」

ほっとしたとたん、お波は涙ぐみそうになった。こんな気持ちになったのは、生まれてこの方初めてのことだった。

「こっちの様子を見に来てくれたのか。お波さんのその心根がわたしには何よりだ」

藤三郎はにかっと笑みをこぼした。見つめてくるその翳《かげ》りのない眼差しは、互いの心が通じ合った証《あかし》にも思えて、お波はうっとりと双頰を染めあげた。

「水びたしどすなあ」

むずがゆいような照れを隠して、お波は店の中を見回した。

「どうってことはないさ。それより……」

言葉じりが暗くなった。

「何か心配事でも？」

「あ、いや、いや――」

顔の前で手を振る藤三郎はゆがみ笑いになった。

きっと何か気がかりな事があるにちがいない。それでいて胸の内をぺらぺら舌に乗せないなんて、軽そうに見えてやはり藤三郎は男はんどすな――。

あまり執拗《しつこう》すると嫌われる。お波はそう判断してその話題から引き下がることにした。

「お払い箱になってしもうた」

風呂敷包み一つを手に、お麻のところへやって来たお波はけろりとして言う。

「そりゃあ当然だわさ。みんなが野分の跡《あと》片づけをしているのに、自分勝手は許されません」

おそらく〝奈加川〟の店主はいたく立腹したにちがいない。奉公人にないがしろに

されたのでは立場がないし、主人としての誇りが許さない、

「こちらで二、三日、ご厄介になれまへんやろか」

はなからそのつもりでやって来たお波だ。

「いいけど、そのあとどうするつもりなのさ」

「駿河屋の商いを手伝おうと思ってますえ」

「あちらがそう望んでいるの？」

「藤三郎さんにはまだ話してまへん。そやけど、きっと喜んでくれはるえ」

自信たっぷりの口調だ。

何かと面倒を見て来たお麻にとっても、それなら安心できる。

二十二歳といえば、行かず後家《ごけ》に片足突っこんだような年頃だ。この先妾奉公に徹しても、年々条件は悪くなる。

それより好いた男と一緒になるのが、女の何よりの幸せだろう。

お麻は、ふと栄吉を思った。

十二

あくる日の早朝、お波は永代橋を渡って、佐賀町へ駆けつけた。

〝駿河屋〟の店内がどこか陰気なのは、壁にこびりついた泥のせいかもしれない。

上がり口に腰かけてお波を迎えた藤三郎もひどく浮かぬ顔つきだった。両手を膝の間に落としこみ、肩をすぼめている。

とびきりの笑顔で店内へ足を踏み入れたお波は、肩すかしを喰って気持ちがへこんだ。

「何かあったんどすか?」

「うーむ……弱った──」

藤三郎の口の中で、言葉がつぶれた。

「どうしなすったえ?」

声が喉にこびりついたのか、咳をしてから、

「もう終《しま》いだ、どうにもならん」

蒼《あお》ずんだ面《つら》の泣いているような眼でお波を見た。いつもの明朗さはみじんもなかっ

た。

「そやから、いったい……」

「今朝、早飛脚が着いた。相州小田原の網元からだ。それによると、一昨夜の野分で、駿河屋の本店を出た船が、相模湾《さがみ》の海岸近くで沈んだ、という知らせだ」

　嚙み殺した悲鳴のような声だった。

「えっ！　それじゃあ……」

「大損だッ。沈んだ積荷の代金は二百五十両、この損失はまるまるわたしが引き受けなけりゃならない。各お店から頂戴している手付金があわせて百五十両。これは本店へ送ってあるが、荷が届かなければ即刻返さなければならない。ところがいまのわたしは握り拳のすってんてんだ。逆《さか》さに振っても血も出やしない。いずれ本店の援《たす》けで借りることになっているが、いますぐにも百五十両が入り用なんだ」

　溜めていた息を大きく吐き出して、藤三郎は頭をかかえた。

「どうにも算段がつきまへんの？」

　藤三郎は呻き声を出しただけだった。

「わたしがご用立ていたします」

　見るに見かねたこともあるが、藤三郎の役に立てることが、お波には晴れがましくも得意な気持ちにさせる。

「そ、そんな――」

ふっと顔を上げ、女の眼をじっと覗く男の眼に明るい色が戻っていた。

「持参金のつもりどす。どうぞそれをお使いになっておくれやす」

「いや、いけない、それはお波さんが必死で溜めた金でしょう。使えませんよ」

「よろしおすのえ、百五十両、これから取りに行きます」

「う、うっ、ありがたい！」

お波が金を預けている両替屋は、京橋近くの新両替町にある。両替屋は個人の金は預からないのだが〝奈加川〟の座敷で懇意になった両替屋の主人の特別のはからいで預かってくれている。藤三郎を伴って、お波は両替屋へ行き、ずいぶんと待たされたが、百五十両を引き出した。ずっしりと重い金の包みを渡すと、藤三郎は片手拝みに頭をさげた。

「これから五カ所のお店を回って、手付金を返してきます。これでますます信用が深まるでしょうから、この先の取引はぐっと楽にできましょう」

「わたし、佐賀町のほうで待っています」

「そうしておくれ、できるだけ早く帰りますから」

京橋のほうへ足を急がせる藤三郎のうしろ背を、お波はいつまで見送っていた。心震えるほどの幸せを、胸いっぱいに抱きしめて。

客を送り出したついでに、お麻は浮世小路の左右を見渡した。何気なくやった視線の先に、通町から小路に入って来るお波の姿を捉《とら》えていた。

足どりも重く近づいて来たお波は、お麻に向かって、

「してやられたッ！」

雛人形のような愛らしさはどこへやら、歯をむき出しに顔を歪《ゆが》め、声を吐き出した。

「どうしたの？」

「丸一日待ったのに、藤三郎のやつ、戻って来いへんのや。うちの百五十両をかっさらって、姿を晦《くら》ませてしもた」

「本当なのッ」

「手代もおらへん。きっと示し合わせて逃げたんや」

諸式高値になりつつあるとはいえ、百五十両あれば、三人家族が五年は楽に喰える。

「口惜しいッ！」

「堪弁ならないねッ」

お麻も怒った。

悪事は明るくやれ、とは言うけれど、藤三郎はあの底抜けに明るい皮膚の下に、悪党の顔を隠していたのだ、しごく巧妙に。

「うちも阿呆やな、初《はな》から騙《だま》しに気づかなかったなんて——」

駿河屋藤三郎が〝奈加川〟に招いた五人の乾物問屋をつきとめるべく、栄吉が動いてくれた。

本来なら、それは町方の役人か、治助のような手先の仕事なのだが、大店ともなれば、できるかぎり訴訟に及ぶのを避けたがる。

それを見越して出向いた栄吉に、〝奈加川〟の主人が五人の身許を明かしてくれた。

案の定、五人は口々に、

「江戸の商人はそれほど甘くはありません。半年やそこいらの付き合いで、大きな取引なんてとんでもない。先だっての手付金は十両です。ま、小盗っ人にやられたと思い、諦めましょう」

しかもいざとなれば、その事実さえも否定するつもりだ、と付け加えている。

合計の手付金は五十両。藤三郎はそこに百両の足駄《あしだ》をはかせて、お波から引き出し拐帯《かいたい》したのだ。

　お波が座をはずした隙に、

「あの男は、芸者の欣やとねんごろで、その欣やの姿も深川から消えているそうだ。〝奈加川〟の主人が打ち明けてくれたよ。お波さんには内緒にしたほうがいい」

「うん、黙っていよう」

　お麻はこくんと頷いた。

「あの元さんという男を相手に打った小芝居は、前もって打ち合わせをしていたのだそうだ」

「誰に訊いたの？」

「元さんさ」

「どこで見つけたの？」

「〝奈加川〟の勝手口で、ばったり会ったんだ。元さんの住まいは駿河屋と同じ町内の裏店で、仕事は〝奈加川〟の下男働き。生計《たつき》に困っていたところ、藤三郎から持ちかけられたんだそうだ。やつは女の前で、自分の鷹揚さを見せつけよう、とあんな臭い芝居を考えたようだ」

「そのために五両ぶんの乾物を元さんにやったの？」

「五両どころか、三分にしかならない粗悪品だったってよ」

「嘘つきお波さんも、まんまと騙されたってわけね」

「嘘つきは、嘘に弱いっていうよ。嘘と本当がごちゃまぜになって、お波さんはやつの嘘が見抜けなかったんだろう」

そこへお波が戻って来て、飯台に腰をおろした。

「盗られたものは仕方おへん。新規巻き直しで、またひと踏んばりせなあきまへんな」

どうやらお波は気持ちを切り替えたらしい。

「お波さんはめげない女《ひと》ね」

「へえ、これからはもっと強い女になろうと思てますねん。さ、栄さんご酒にしまひょ。うちが奢るさかい」

「いやいや、割り前にいたしましょう」

「まだ隠し金ありますよって、心配しいな」

二階の住まいからお初がおりて来て、帳場へ座った。あと四半刻（三十分）で〝子の竹〟は客で立て混んで来る刻限だ。

「三人雁首そろえて、何の企《たくら》みですか」

お初のふくよかな顔が楽しげだ。

「へえ、お城の金蔵でも破ろう、と相談しているんどす」

いたずら顔でお波が答える。

「無駄骨とちがいます？　あそこはがら空きだ、ともっぱらの噂ですよ」

「さよか、それならお大尽の旦那はん見つけたほうが早よおすな」

お初の笑い声に重なって、石町《こくちょう》の鐘が暮六つ（夕六時）を告げ出した。

第二話　緋色のしごき

一

亡骸《なきがら》の首に巻きついた緋ぢりめんのしごきが、異様ななまめかしさに燃え立っている。

あ、あッ――。

主人《あるじ》の変事をまっさきに見つけ、引き息の悲鳴を発したのは、女中のお辰《たつ》である。

「だ、だれか――ッ。ば、番頭さーんッ」

主人家族や女中たちが居住する内所《ないしょ》はおろか、すでに大戸を開け放っている店表まで、その叫びは筒抜けていった。

常ならば、朝餉《あさげ》の支度をせっつくほど早起きの旦那さまが、今朝にかぎって起きて来ない、とお辰は主人の部屋の襖《ふすま》の把手《とって》に手をかけた。

そのお辰が見たのは、寝間の臥床《ふしど》から身をにじり出し、立てた上半身を壁にもたせかけている上総屋清三郎《かずさやせいざぶろう》の姿だった。はだけ乱れた衿もとへがっくり頭《こうべ》をたれ、緋色のしごきが肉付きのいい男の首にくいこんでいる。

襖つづきの隣室には、清三郎の妻のお浦《うら》が臥《ふ》せっている。

「なにごとだえ？」

細い声をふりしぼるようにして、お浦は身を起こそうとした。

十一月《しもつき》も一《いち》の酉《とり》が終わると、江戸の町は急速に冷えこみ、日足も目立って短くなって来た。

その寒さに足元をすくわれてか、お浦は質《たち》のよくない風邪を引きこんでいた。

本来、夫婦の寝間は一緒である。しかし、風邪を染《うつ》してはいけないと、三日前から部屋を別にし、一子大助《だいすけ》は子守のお勝《かつ》と女中部屋へ隔てていた。

お浦の看病は、大人しやかだがよく気の回る女中のお篠《しの》が当たることになった。

「見て参りましょう」

ちょうど白粥を盆にのせて来ていたお篠が、お浦の背に綿入れ羽織を着せかけてから、こわごわ廊下に出て行った。

る。

恐慌を来《きた》したお辰が、目の前で両腕を振り回し、意味不明な言葉を吐きちらしている。

そこへ使用人たちがいっせいに雪崩《なだれ》を打って駆けつけて来た。

廊下の板が鳴り立ち響き、路地に下駄の音が入り乱れた。

普段は内所の台所以外への立ち入りを禁じられている見習いや小僧まで、落ち着かない目をきょときょと光らせている。

「これ邪魔だ、どきなさいッ」

皆みなの頭をかきわけて、通い番頭の市兵衛《いちべえ》が、一歩座敷内に踏み入りかけて、

「こ、これは……！」

絶句した。

それでもがくがくと萎《な》えそうな膝を踏みこたえ、

「誰か、番屋へ走れッ」

「へ、へいッ」

手代が一人駆け出して行った。

上総屋の稼業は両替商である。

三貨（金、銀、銭）の交換業務にたずさわり、金、銀の売買もする。さらに高利の金融は多くの利潤を生む。大名貸しも小口にして多数に貸し、取りはぐれる危険も最小限にとどめるなど、当然ながら、清三郎は利才にたけた男だった。

年齢も男として脂《あぶら》ののりはじめた三十三歳。世間には聞こえていないが、お浦のほかに色女がいてもおかしくない。

浅草元旅籠《はたご》町、森田《もりた》町には、いわゆる御蔵前の札差や両替商が建ち並び、江戸経済を取り仕切る一翼をになっていて、上総屋はその一画に大店を構えている。

家族は、三十一歳になる妻のお浦に、今年三つの男子が一人。

使用人は番頭以下小僧まで、男衆は七名。女中は、子守と通いを入れて六名である。

番屋から報《しら》せが飛び、南町奉行所の定町廻り同心の古手川与八郎が、手先の治助と小者の弥一を供に出張って来た。

与八郎は四十歳だが、色浅黒く、引きしまった細面の精悍な顔立ちをしている。長身なだけに、粋を気どった小銀杏《こいちょう》の髪も、着流しに、黒の巻き羽織も颯爽たるものだった。

「女物のしごきで絞め殺されたってわけか」

亡骸の前に立ち、与八郎は腕を組んで見おろした。

「面妖《めんよう》でございますな」

通い番頭の市兵衛が、前に進み出る。

普通、商家の奉公人は十歳前後から小僧に入り、雑用に追われ、商売をおぼえ、年季を重ねていく。見習いになり、二十歳をすぎた頃に手代に昇格し、やがて番頭に昇りつめる。さらに通いの大番頭にでもなれば、家も持てるし妻帯もできる。やがては退職金をもらい独立すれば、あとは己《おのれ》の裁量しだいで、大商人にもなれるのである。

「昨夜の清三郎はどうしていた？」

「わたくしがお供をして、日本橋の梅伝《うめでん》なる料亭において、お客人をご接待しておりました。はい、商い上のお客さまでございます」

「戻ったのは何刻《なんどき》だ？」

「五つ半（午後九時）すぎに旦那さまをお店までお送りし、小僧がしっかり戸閉りするのを見届けて、わたくしは浅草坂元町《さかもと》の家へ戻ったしだいでございます」

「戸閉まりしたのは誰だ？」

「へ、へい。手前でございます」
十五、六の前髪立ちの少年がおずおずと進み出た。

冬など小僧はまだ暗いうちに起きなければならない。刻限になれば、大戸を開ける役目もある。

「家の戸閉まりや窓に、何か異常はなかったか？」

「へい、何もありませんでした」

「つまり、外から何者かが入った形跡はない、と言うんだな」

「へい──」

答えはしたものの、急に目の色を怯えさせた。

その理由《わけ》を、与八郎が代わってずけりと口にした。

「すると下手人は、家の中にいる、ということだ」

その場の空気が凍りついた。はっと呑んだ息を吐き出すのでさえ憚《はばか》られるほど、それぞれにすくみあがっている。

「そこでだ、肝心なのはあのしごきが誰のものか、ということである。ありゃあ絹もので地紋は大輪の菊花だ。そうとなりゃあ、持ち主自身でわかるはずだ。えッ、誰のもんだ？　真っ正直に名乗り出ろよッ」

「あのう……」

おずおずとお浦が細い声を上げた。

「お内儀《ないぎ》、おまえさんのものか？」

「はい、わたしのものに相違ありませんが、なぜ、あれが主人の首に巻きついているのか皆目、見当がつきかねます」

肉付きの薄い小柄な体の背をかがめて、お浦が咳きこんだ。その背をお篠がさすりいたわった。

「昨夜、主人の帰宅は知っているな？」

「うつらうつらしておりましたが、襖の開け閉めなどの物音で気づきました」

「そのあと、どうした？」

「薬湯を服《の》んでいたので眠くてたまらず、そのまま寝《やす》みました」

へたり座ったまま、お浦はじっと与八郎を見つめた。自分に疑いのかかっていることを理解し、必死のまなざしを向けている。

「寝た？」

「はい、朝方までぐっすり眠りこみました」

「おまえさんの言うとおりだとしてだね。それでもやはり訝《おか》しいじゃねえか」

「は……？」

暗い光のねばりつく眸《ひとみ》で、お浦は長身の同心を見上げた。

「考えてもみねえ。江戸の市中が死に絶えたように寝静まっている夜半だ。ましてや針一本落としたって耳につく静かな家の中だ。おまえさん、隣の部屋に寝ていて、だんなの殺されるのに気づかなかったのか？」

「申しわけないことで、いっこうに気づきませんでした」

「それが訝しいっていうんだ。大の男が絞め殺されたんだ。絶息するまで、ちったぁ抗《あらが》うだろうよ。手足をばたつかせるだろうさ。たとえ眠っていたとしても、襖一枚へだてただけだ。その物音がおまえさんの耳に届かねえってのは、むしろ奇《き》っ怪《かい》なんだよ」

「そのようにおっしゃられても、わたしは何も存じません」

「いかなる事情があるとはいえ、人を殺《あや》めるというのはよくよくだ。その事からすれば、この家の者たちの中で、主人と一番深く濃い関わりを持つのは、まずお内儀だ。それに、しごきというれっきとした手証《てしょう》がある」

犯状を、与八郎はこう解釈した。

「わたしが下手人だと――！」

「ほかにおるかッ」

与八郎の威圧の一喝にひるみつつも、

ていった。


「めっそうもないッ。わたしは何もしておりません、わたしにそのような大それた所業ができようはずもございません」

必死の抗弁も虚《むな》しく、病軀《びょうく》のお浦は縄をうたれ、治助の手によって引っ立てられていった。

二

暮れかかった灰色の空が陰鬱に垂れこめている。

日本橋の浮世小路に、痛いような寒風がピューと吹き抜けて行く。

灯の入った掛け行灯には、酒、肴の文字。置き看板にある店名は〝子の竹〟。

その入り口から入って来た客を見て、

「おや、石庵《せきあん》先生――」

帳場のお初が声をはずませた。

小池石庵は、日本橋高砂《たかさご》町に居を構える本道医である。齢《よわい》五十歳にして、がっしりとして頑丈そうな体格をしている。町医は髪を剃っているものだが、石庵は黒くふさふさした髪をうしろで束ねている。

本道だけでなく外科もよくするので、診療所には多くの患者がつめかける。けれども石庵は少しも尊大ぶらない。医業を天賦と心得ていて、労力を惜しまず、貧乏人も金持ちも差別しないから、江戸の町医としては第一の流行《はや》り医である。

「もう、いっぱいだな」

低いが響きのよいよく通る声である。

「でも、お席ございますよ」

お麻が飛んで行って出迎えた。この家の人間はみな、敬意をもって石庵に好意を寄せている。

「そうか、では美味い飯にありつけるね」

お麻は、帳場近くの飯台に石庵を案内した。この席は、治助と栄吉のために、とくに夕飯どきの混む刻限には確保しておくのだ。いかに客が立て混もうと、ここだけは空けておく。

「さて、今日のお薦めは何かな」

「何はさておき、あかむつの塩焼きですね。脂が乗って絶品です。それから墨烏賊《すみいか》と肝《きも》と葱《ねぎ》の油炒り。それに蕪《かぶ》と車海老の焚《た》き合わせはいかがかしら」

「うん、いいね。それに茄子の漬物とご飯だね」

「ご酒は……?」

「やめておこう。まだ往診が残っている」

夜間の往診ともなれば、薬代も含めて一両という富家の患者もいる。もっとも石庵は請《こ》われれば貧乏人も診《み》る。取れるところからは取り、それで均衡を保っている。

「ところで先生、上総屋さんの一件、ご存じですよね」

板場に注文を通してから戻って来て、お麻は瞳をキラキラと光らせて言う。好奇心が押さえようもなくうずいているのだ。

「知っているも何も、四、五日前からお内儀の風邪の容体《ようだい》を診ていたので、とりあえず上総屋さんに行ってみたのだ」

「どうなってました?」

「むろん、大戸は閉まったままだ。奉行所の下役らしいのが見張りに立っていたので、番頭さんを呼び出してもらった」

そこで事件のあらましを聞いている。

「わたしもお父つぁんから聞き出しています」

「それなら話は早い。じつは、わたしにはいささか腑《ふ》に落ちかねるところがある。わたしがお内儀の病疾《しっぺい》に調剤した薬の中には、眠気を催すものがある。だから病軀のお内儀が、ぐっすり眠ってしまったというのは、あながち嘘とばかりは思えんのだ」

「でも眠り薬でないのなら、簡単に目醒めるのではないんですか」

「ほかにもある。お内儀のお浦さんは骨ぼその小柄な体だ。反対に上総屋さんは、背こそそれほど高くないが、小太りのしっかりした体つきだ」

「でも酔って眠りこんでいるご亭主なら、お内儀でも首を絞めることはできますよ」

「しかしな、ご亭主の遺体は、上半身を起こして壁にもたれかかっていた、という。なぜなのか？　布団で殺しておいて、なぜ重い体を壁まで引きずったのか。お浦さんのあの細腕で――？」

「はた目には何の不足も不満もなさそうな大店のご夫婦にも、生きるの死ぬの、の修《しゅ》羅《ら》があるんですね」

お麻にも一度その修羅に溺《おぼ》れかけた事がある。

十八歳のとき、お麻は嫁《か》した。相手は、三ノ輪の青物問屋〝南天屋《なんてん》〟の長男広吉《こうきち》だった。翌年、一子多助《たすけ》を出産したが、その頃から、広吉の地金が出た。多少の遊所通いには目をつぶれたが、広吉の異常とも言える性格に苦しめられた。

広吉は自分本位の男だった。女房には絶対服従を強《し》いる。些細な事にも暴言を吐く。お麻が反発すれば、手ひどい仕打ちに出る。手加減のない暴力だ。

耐えきれず、お麻は離縁を願い出た。先方の条件は、嫁入りに持参した金品は返さない。子の多助は置いて行く。その申し入れを、お麻は涙をのんで受け入れた。そうでもしなければ、多助を抱いて大川に身を投じていたかもしれない。

多助を思い、暗く打ち沈んでいたお麻の顔が、ぱっと明るく輝いた。

「栄さん、お帰り」

廻り小間物屋の荷を親方のところに置いて、身軽な格好だ。紺木綿の着物を尻に端《は》折《しょ》って、衿に〝保田屋《ほたや》〟の文字の半纏姿がすっきりしている。

栄吉は真っ直ぐ歩いて来ると、石庵に軽く頭をさげた。

「お久しぶりでございます」

相変わらず、折目をくずさない挨拶だ。

「いやいや、こちらこそ——達者な若者と会うのは気持ちがよいですな」

「先生、わたしはもう二十八ですよ」

「お武家でいられたのは、いつまでですか?」

ずばり、と石庵は切りこんだ。

お麻ですら訊きそびれていた事だった。

「お見通しでしたか」

「身についた礼儀作法は、そう簡単に抜けないものです」

「べつに隠しだてをしていたわけではありませんが、いまさらそれを言ったとして詮《せん》ない事ですし、いや、町人の生き方にすっかり浸《ひた》っていれば、昔日《せきじつ》の事どもは遠いものになりました」

正直で飾り気のない物言いだった。

「お武家は苦しいご時世ですからな。さぞや大変な思いをされたのでしょう」

石庵の目にいたわりの色があった。

男も千差万別だ、とお麻は思う。先夫の広吉は精神も暴力的な男だった。比して栄吉の何と清々《すがすが》しいこと。立居振る舞いに品《ひん》があり、歯切れのよい口調に、よく動く切れ長の目は、精悍《せいかん》な色を沈ませている。その目がついと遠くを見て、

「両刀を捨てたのは、六年ほども前の事です」

栄吉はさらりと言った。

「強い決心でしたでしょうな」

先を促すような石庵の言い方だ。

「主家は武蔵《むさし》の国にて十万石を領しておりましたが、移封の幕命により、陸奥《むつ》へと国替えになりました」

諸大名の転封は珍しくない。

「表高は同じ十万石で、かろうじて旧格は保てましたが、その領地は、物成りの悪い風土気候でした。したがって、年々はなはだしい減収に、藩の勝手向きは抜き差しならぬほど逼迫《ひっぱく》しつづけました。さらに——」

十万石の大名家の家臣、及び家族の総数はおよそ一万二千人余。その転封の入費は莫大な金高になる。その借財も積み残したままなのだ。このままでは家の存続も難しい。そこで藩は苦渋の決断をした。

——暇《いとま》願いは申し受ける——。

「わたしの家は代々勘定方書役を勤め、二百石をいただいておりましたが。主君の苦衷を察すれば、己が退身《たいしん》もお家のお為と決断したわけです。わたしとしては、父母もすでに亡く、弟妹もおりませんので、この身一つ、何とでもなる、と——」

「賢明なご選択でしょうな。わたしは立場上、さまざまな階層の患者を診ていますが、微禄のご家人やお旗本など、内実は惨憺《さんたん》たるものですよ。ましてやご浪人ともなると、もういけません。士官の口などどこにも開いておりませんからね」

「わたしも、町人として才智を働かせれば充分に身を立てられる、と考えました」

「お国から真っ直ぐ江戸に来たの？」

お麻が栄吉と出会って、年月はそう長くはない。栄吉の住む神田岩本《いわもと》町の長屋へ忍んで行くようになっても、お麻は栄吉の出自や来し方を訊《たず》ねなかった。元は侍だったらしい栄吉には、お麻はどこか踏みこめない深い事情がある、と勝手に思いこんでいたのだ。

「そうだよ。身を立てるには、この江戸しかない。そこでいろいろやってみたよ。職人の真似事や力仕事も。駄目だったね。ならば商人だ。二十歳をとっくに過ぎて、商家の小僧もないもんだが、小間物屋の保田屋に三拝九拝して、どうにか住み込ませてもらった。そして、商人の水が性に合っていたのか、この一、二年外商いをさせてもらえるようになったのだ」

きりりとした武士の面影を残しながら栄吉が笑うと、目許口元に気持ちのいい愛嬌が浮かぶ。女客の多い稼業とて、栄吉の来訪を待ちかねている顧客が、日増しにふえているのである。

三

伝馬町の牢屋敷へ送られたお浦は揚屋《あがりや》に入れられた。その詮議に町奉行所の吟味与力が出張《でば》って来る。月番は南町で、御子柴伊織《みこしばいおり》がその任に当たることになった。

お浦はしぶとかった。なよなよとしおらしい外見に似ず、手荒な自白の強要にも、血の滲むほど唇を嚙みしめ、白い目を光らせながら、首を振りつづけた。

「天地神明に誓って、わたしは主人を殺しておりません。下手人はほかにいるはずです」

お浦が清三郎を殺したのなら、理由がなければならない。お浦を下手人とし捕縛したからには、その埒《らち》を明けねばならない。

与八郎と治助が動いた。

まず、お浦の身状（普段の行状）を調べた。近隣の住人や上総屋の使用人たちから証言をとった。それらを総合すると、

――清三郎とお浦の夫婦間に、睦《むつ》まじさの片鱗も見られなかった。

それはお浦の陰湿な性格が大きく関わっているようだ。

しなしなとしなをつくり、上品ぶった口をきくのはうわべだけで、本性は下衆《げす》女だ、とまで言いきる者もいた。

清三郎に女がいるわけでもないのに、自ら膨らませた妄想にがんじがらめになる。

それでいてその嫉妬心を表出させず、腹の中に溜めこんでいるのだ。

妬心の強いのは、亭主にたいしてだけではない。美貌の女は抹殺したいほど憎い。よその女の着ているものや持ちものが気になって仕方がない。他人の幸福なんかぶち壊してやりたい。他人のものを無性に欲しがる。

しとやかに取り澄ましていても、その芯のところでは人一倍烈《はげ》しい煩悩がドロドロと渦巻いている。お浦とはそういう女だ。

主人が殺され、縄付きを出した上総屋は、存続できない。そうなれば日頃は口固い使用人たちも、義理を立てる必要はなくなる。平生のうっぷんを払うかのように、口々にお浦の悪口を並び立てたものだ。

そもそも清三郎には許婚《いいなずけ》がいた。相惚れの仲だった。

その二人の間を割いたのがお浦であった。露骨な色仕掛けで。

その据《す》え膳《ぜん》につい手をつけてしまったのは、若ざかりな男にありがちな失敗《しくじり》だろう。あげく、お浦が孕《はら》んだのだ。

その責めを負った清三郎はお浦を嫁にした、という経緯がある。しかし、第一子は死産だった。その二年後に現在三歳になる長男が生まれている。

表面上は平穏無事に取りつくろっていても、祝言《しゅうげん》の当初から夫婦仲は冷えきっていて、ある種の波瀾を含んでいたようである。

殺された清三郎のほうには悪い噂もなかった。金が恨みの世の中では、金融業につきまとう悶着《もんちゃく》はさけられない。だが、上総屋にさしたる問題はなかった。さらに外部から浸入者のあった形跡は全くない。使用人たちに主殺しをする理由も見当たらない。

結局、逆上し狂乱したお浦が、発作的に緋色のしごきを手にした。そう解釈された。おぞけ立つほどのお浦の異常な性情からして、その判断に無理はないものとされた。

ところが沙汰《さた》の下される前に、お浦が死んでしまったのだ。

牢獄は劣悪無惨な場所である。持病のあるなしにかかわらず、心身はうちのめされ、牢内で落命するものも多くいる。

悪質な風邪をしょいこんでいたお浦は、死神の手にたやすく捉えられてしまったのだ。

数日のち——。

小池石庵が再び〝子の竹〟にやって来た。若い女をともなっている。

ちょうど夕刻前の暇なときである。お麻は二人を飯台に案内した。

「お篠さんだ」

若い娘はつつましやかに頭をさげ、

「よろしくお願い申します」

落ち着いた静かな声だ。

「はあ……」

会釈を返したものの、お麻にはこの二人の来訪の目的がとんと読めない。

「この人は上総屋さんの内所で働いていたお篠さんだ。知ってのとおり、あそこは欠《けっ》所《しょ》のお沙汰により家屋敷を収公されてしまった。したがって奉公していた人たちは、全員散りぢりだ。当然、この人も同じ憂《う》き目《め》にあって、この先どうしようか、と迷いあぐねていたそうだ」

「次の奉公先を探すために、口入れ屋へ行くつもりで家を出ましたところ、小池先生にばったりお会いしたんです」

うす浅黄《あさぎ》色の三筋の木綿に昼夜帯、渋い綿入れ羽織を着たお篠に、お麻はひどく地味な印象を受けた。

「そこでだ、わたしはこちらのことを思い出したのだ。先日、お麻さんはぼやいていたね。時分どきは忙しくててんてこ舞いだって――」

「そうでしたかしら」

「そこでだ、次の奉公先が決まるまで、この人を雇ってくれまいか」

「忙しいときだけでも、助《す》けてくれるとたすかるけど、わたしの一存じゃ決められません」

「いいよ、お麻、使っておやり」

背後からお初の声がした。そろそろ帳場へ座る刻限なのだ。

「女将《おかみ》さんは話が早い。よろしく頼みますよ。上総屋さんの女中頭のお辰さんも、気ばたらきのできる、骨身《ほねみ》を惜しまぬ働き者だ、とかねがねほめていた娘さんだ」

「お篠さんとやら、いくつにおなりだえ？」

「もう二十二になります」

気恥ずかしげに微笑むと、ふっくらとした頬に片えくぼが影をつくった。

「お嫁に行かないのかい？」

「ご縁に恵まれないのでしょう」

さらりと返した。言葉も動作もやわらかでゆったりしている。

「親元はどちらだえ？」

「内藤新宿《ないとうしんじゆく》で巴《ともえ》屋という旅籠を営んでおります」

「おや、そんな立派な稼業がおありなのに、何だってまた女中奉公など――」

「ああした人の出入の多い商いは、わたし苦手なんです」

もじもじとお篠は肩をすくめた。

内藤新宿は江戸の四宿《ししゅく》の一つである。宿場の旅籠《はたご》の多くは、飯盛り女と称する遊女を抱えている。

「家業を手伝っていたのかえ？」

「はい」

目を伏せた様子から、お篠の心情が伝わって来る。日夜を問わず見聞きする、遊女と客のやりとりは、お篠には耐えがたかったのかもしれない。

「住み込みとなるとねえ……」

二階には二間しかないので、お麻と同居になる。

「少しの間なら、わたしは構わないよ」

遠慮はいらない、とお麻は安受け合いをした。

「いえ、通わせていただきます。先日、弥左ェ門町《やざえもんちょう》の仲助長屋《ちゅうすけ》を決めて来ましたので――」

弥左ェ門町は、数寄屋橋《すきやばし》御門外にあって、女の足でも四刻半（三十分）もかからない。

「では、明日から働かせていただきます」

そう頭をさげてから、お篠は帰っていった。石庵も去った。

暮れ六つ近く、西の空に寒茜が燃えている。あと四半刻もすれば、江戸の町にビロードのような闇がふりつもる。

浮世小路〝子の竹〟の賑わいはたけなわである。間口三間、奥行五間の店内は、いちどきに三十人ほどの客が入れて、今宵も席はほとんど埋まっている。

「はい、源《げん》さん、熱いのをお持ちしたけど、もう三本目よ」

常連客の源太《げんた》の稼業は桶師である。稼ぎはそこそこあるのに、三十を過ぎていまだに独身《ひとりみ》なのは、ほとんどの実入《みい》りを呑んでしまうからだ。

「まだ、三本だぜ、こんな寒い晩は、酒でも呑まなきゃやってらんねえさ」

「ふッ、一年じゅう、そんな事言ってる。それより何か食べないと、体に悪いよ」

「今日の目玉は何だい?」

「アカムツの塩焼き……脂が乗って美味しいよ」

「いくらだい?」

「四十文」

「お麻さんよ、相手を見て物を言ってもらいてえな。けッ、そんな高いもん食えるかい。それとも付けにしてくれるってか」

帳場格子の中のお初が耳ざとく聞きつけた。

「ちょいと源さん、これがお目々に入りませんかねえ」

お初の指差す先の柱に、『元方現金につき時貸し売りお断り候』と、どぎついほど太い文字の木札がぶらさがっている。

「おれは四角い文字は読めねえんだ。わかったよ。突き出しの魚の骨でもしゃぶってらあ」

源太は〝子の竹〟は高けえ高けえと言いながら、三日にあげず通って来る。もっとも呑むのは一番安価な二十文の地廻り酒だ。

そんな源太のために、お麻はお初の目を盗んで、板場から何かしらちょろまかして出してやる。すると源太は、さも嬉しそうに尻のさがった目を潤《うる》ませるのであった。

「お、親分が帰《けえ》えりなすった」

客の声で、お麻が戸口のほうを見ると、父親の治助が入って来たところだった。

町方同心の手先は、いつでも岡っ引とか目明しとか呼ばれて、町の人たちが親分と言うのは、手先は子分の下っ引きを使っているからである。

江戸の町にあまたいる親分にはずいぶんいい加減な者が多い。弱い者を威嚇したり、袖の下を強要したりするから、町の人たちには煙たがられているが、治助はちがう。なにしろ、お初の取り仕切る〝子の竹〟がことのほか繁盛しているから、銭金の心配がない。根が正直者の正義漢だから、悪を懲《こ》らしめるに身を惜しまない。お初に言わせれば『おまえさんは、手先の仕事が好きなのさ』である。

店内の席は埋まっていても、治助と栄吉のために、帳場に一番近い飯台の二席は空けてある。

「お父つぁん、今日はどうだったの？」

「うむ、世は太平だ。小盗っ人や小競り合いばかりじゃ探りの用はなさそうだ」

南町奉行所の定町廻り同心の古手川与八郎から手札をいただいて三年。治助は四十三歳になるが、かつての振り売り稼業で鍛えあげた体には、壮年の活気が漲《みなぎ》っている。

「おまえさん、何にしますかね」

亭主大事のお初が、治助に美味いものを食してもらおうと、てぐすね引いていた。

「おまえにまかせるよ」

「あいよ、お麻、まず、蛸《たこ》と分葱《わけぎ》の酢味噌和《あ》えにほうぼうのわさび醤油、それと蟹の鍋煮を板場に通しておくれ。仕上げは鯛の香《こう》のもの鮓《す》しがいいね」

四

陽に灼けた治助の顔が、酒気に赤らんでいる。鼻筋の通った端正な面立ちの、力強い目も、きりりとした唇も、心なしか柔和にほどけていた。

浮世小路は、日本橋通町の人の波をそのまま受ける道通りである。したがって〝子の竹〟には一見《いちげん》の客もいる。

その客も見慣れぬ顔だった。戸口でもたついているのは、入ろうか入るまいかの思案の態と見て、お麻が出迎えた。

「どうぞ、入れ込みなら座れますよ」

「いや、こちらは治助親分のお店と聞いたものでございますので――」

「お父つぁんにどんなご用……？」

「ぜひともお頼みしたいことがございまして――」

男の齢は三十代半ば頃。小ざっぱりとした身装《みなり》だが、どこか野暮《やぼ》ったく、言葉尻にわずかな訛《なまり》がある。

困惑げな様子の男を、お麻は治助のところへ案内した。帰りの遅い栄吉の席がまだ空いている。

「わたしは、上野《こうずけ》の高崎《たかさき》で絹織物の卸し業をしている原田屋《はらだや》半三《はんぞう》と申します。じつは上総屋清三郎の女房だったお浦の兄でございます」

「ほう、あの上総屋の……まあ、おかけなさい」

治助は半三を隣の席に座らせて、

「して、このわたしにどんな用向きですかな？」

亭主殺しの下手人として、お浦は裁断の下される前に牢死している。そのお浦の兄がいまさらながら、治助を訪ねる理由《わけ》がわからない。

「お浦の子は私が引き取りました。清三郎さえ生きていれば、その子の行く末に何の心配もありません。とどこおりなく上総屋の跡取りになれます」

「――しかし縄つきを出しては、そうもゆくまい」

事実、上総屋は取り潰されている。

「ですから、お浦の無実を明かしたいのでございます」

治助は目を剝《む》いた。

「お浦が生きていれば、万に一つの希《のぞ》みがなくはないかもしれん。それも、いまとなってはな」

奉行所での吟味は、何らかの証拠によって犯罪事実が認定されても、被疑者の自白に主眼が置かれる。自白があって初めて吟味詰まり（終了）の口書《くちがき》（証文）を作成する。

実例は乏しいが、無実を主張し、吟味を引き延ばしている間に、真の犯科人が浮上しないともかぎらない。

「確かにお浦は、癖のある女でした。わが妹ながら気味が悪く思ったこともございました。しかし、お浦が清三郎を殺したとは、絶対に思えません。亭主を殺して、お浦に何の得がありますか。夫婦の間に多少の波風があっても、人も羨《うらや》む暮らしぶりを、自ら手離すほど莫迦《ばか》ではありません。清三郎は外に女がいたそうですが――」

「えッ、妾《めかけ》がいたのですか」

あのときの調べでは出ていない話だった。

「年に一度、江戸の呉服問屋に、わたしは荷を卸しに参ります。そんな折、お浦を訪ねたわたしに、ふっと洩らしたのです」

「どこの何という女ですか？」

すでに落ち着いた件ではあるが、聞き捨てにはできない、と治助は身を乗り出した。

「いや、聞いていません。しかもお浦は、見て見ぬ振りをするのが、自分の一等の得策と心得ておりました。耐えるというより、騒ぎ立てなければ、自分の身は安泰でいられる、とね」

貧富を問わず、この江戸で、遊所通いや妾に縁のない男を探すほうがむずかしい。そんな亭主をうまく操縦するのが、できた女房という事になる。

お浦が、いくら気持ちのねじくれた女でも、処世の損得を考えれば、亭主を殺す愚《ぐ》は犯さない、と半三は強調しているのだ。

「あんたの言葉どおりとしても、わたしにはどうしようもないなあ」

「奉行所のお役人にも訴えました。真の下手人はほかにいる、と。しかし、いまさら遅い、と門前払いを喰いました」

「仕方あるめえな」

「ですが、私は残された子のために、上総屋を再興したいのです。そのためにはお浦の無実を証《しょう》さなければならない。没収された株を買い戻し、子が一人前になるまで、私が後見《こうけん》をつとめます」

半三の目には、熱く必死な色が浮かんでいた。

「上総屋の奉公人の中に、主人殺しをしたと怪しむ人間はいなかったんだ。するとその妾というのが臭い。ところがその女がどこの誰だかわからない、というのでは話にならんよ。そんな幽霊女を探す閑《ひま》は、わたしにはないんでな。悪く思わんでくれ」

心底すまなそうに、治助は言った。

半三は、馬喰町の旅人宿にしばらく逗留する、と言いおいて帰って行った。

そのあと、石町の鐘が初更（夜八時）を知らせ、お篠が仕事をあがった。お篠の勤めは、昼の四ツ半（十一時）から夜の五つまでと決められていたのだ。

帰りしなのお篠をつかまえて、

「上総屋の旦那に妾がいたって話だけど、知ってる？」

お麻は訊いてみた。

「ええッ、そうだったのですか。知りませんでした」

よほど驚いたのか、お篠は一重瞼《ひとえまぶた》の大人しそうな目を丸くしている。

「番頭さんにでも訊いてみよう」

散りぢりの奉公人達の行き先は、市兵衛なら知っているかもしれない、とお麻は考えていた。

神田地蔵橋《じぞうばし》跡の通りに、駕籠屋がある。軒行燈《のきあんどん》にまだ灯が入っている。そこから鉄砲洲《てっぽうず》へ向かう客を乗せた一丁の駕籠が出た。

走り出した駕籠舁きの足並みがそろい、棒鼻にむすんだ提灯《ちょうちん》が、一定の調子で乏しい灯りを揺らす。

町木戸が閉まるまでまだ半刻余もあるのだが、大通りの両側に並んだ商家のことごとくは、すでに黒々と沈まっている。

それでも二八蕎麦の屋台が、ぬくぬくと白い湯気をただよわせていたり、寒さに背を丸めた人影が、ちらと行き交ったりする。

神田堀にさしかかった。この辺りはひときわ暗い。八丁堀といわれている土手が、濃い闇を溜めこんでいるのだ。

どこからか、野犬の咆哮が沸き立ち、黒い空に吸いこまれていく。

駕籠の前棒の足どりが変わった。落とした歩速がさらにのろくさくなり、やがてピタリと止まった。

「おうい、どうしやがった？」

不満げな後棒に、

「道っ端に人が寝そべっていやがるぜ」

おっかなびっくり前棒が駕籠をおろす。

「どうせ呑んだくれだろう。うっちゃっておけよ。それより、とっとと行こうぜ」

後棒がせっつく。

「そうもゆくめえ。もしほっといて凍え死にでもしてみろ。おら達もお咎《とが》めを喰らっちまう」

言いつつ、路上に横たわる人間に近づいた前棒が、

「ひえッ！」

悲鳴を嚙んでのけぞる。

「何を騒いでおるのだ」

ただならぬ様子に気づいた客が、垂れから顔をのぞかせた。

そのとき、ちょうど雲間から月が顔を出した。

「お、女だぞッ！」

駕籠舁きの指し示した地面に、青い月明かりが倒れ伏す女の姿を浮び上がらせた。

しかも石のように微動だにしない。生きている人間の柔らかみは感じられない。

「うッ！」

目を剝いた前棒の呻きが喉にかすれた。

「この女、くびり殺されてるようだ」

恐るおそるのぞきこむ三者の目に、それはあきらかだった。

なぜなら、女の首に緋色のしごきが巻きついているからであった。

五

まだろくに日も明けやらぬのに、治助のところに連絡《つなぎ》が来た。古手川与八郎の小者の弥一である。

治助は仕込みの始まった板場で、立ったまま湯づけをかっこみ、弥一と共に飛び出して行った。

神田堀を日本橋へ渡ったところの路上で、くびり殺された女の亡骸が見つかったのだ。

お麻が起きたとき、もう治助の姿はなかったから、その一件については、お麻の知るところではなかった。

朝食時の慌ただしさと、昼飯どきのざわめきも一段落しほっと一息ついた頃、ふらりと栄吉が入って来た。荷はかついでいない。

「どうしたの、こんな半端な刻限に——?」

お麻はすねている。

夕べ、栄吉はついに顔を出さなかったのだ。

「昨夜は、出先の商いに手間どって、戻りが遅くなった。そしたら親方が、午前《ひるまえ》の商いがすんだら、暇をやる、とお許しが出たんだよ」

とたんにお麻の機嫌がなおった。

「ずっと空いてるの?」

「ああ、どこか出かけたいところがあるか?」

夕方の繁忙期まで二刻（四時間）近くある。出て、出られなくはないのだ。お初が休息に上がっても、店番のてつか文平がお麻の抜けたのを補ってくれる、そして、いまはお篠がいる。

「あるのよ」

ちょっと、お麻は声をひそめた。

「その前に、昼めしを喰わせておくれ。腹ぺこなんだ」

「お定《き》まりでいい……?」

「頼む」

お篠が茶を持って来たり、帰った客の膳を片づけたりしている。石庵の言うとおり、無口だがよく働く娘だった。

本日のお定まり（定食）の膳を、お篠が運んで来た。献立は沙魚《はぜ》と茗荷《みょうが》としし唐《とう》の衣がけ。輪切り牛蒡《ごぼう》。蕪《かぶら》のあんかけ。豆腐のすまし汁。

膳の上には、三十文（七百五十円）と書いた木札が乗っている。

栄吉は、お初がどんなに甘い顔をしても、きっちり勘定を払う男だった。

ついでにお麻は、

「上総屋さんの通い番頭だった市兵衛さん、どこにお住まいかしら」

お篠に訊いてみた。

死んだ清三郎に妾がいたらしい、と聞けば主人に一番近い市兵衛に訊《たず》ねるのが手っとり早い道だろう。

「たしか浅草坂本町だったと思います」

浮世小路から浅草まで、一里以上ある。歩けば半刻では着けないのだが、お麻と栄吉は歩く事にした。帰りは船のつもりでも、片道の船賃は四百文（一万円）もとられるのだし、二人して歩く楽しみは捨てがたい。

道々、お麻はお浦の兄の来訪と清三郎の妾の話を栄吉に聞かせた。

「いま頃になって、妙な話が出て来たね。清三郎はかなり慎重に立ち回ったのだろうな。女房はともあれ、奉公人の誰一人、その事に気づいていなかったようだから」

「もしお浦が殺《や》ったのではないとしたら、一番怪しげなのは、その妾だと思う。妾なら、何とか口実をつけて、夜中でも、旦那に木戸を開けさせる事ができるのじゃないかしら」

「隣の部屋に女房が寝ているのに、忍んで行くかな」

栄吉の疑問はもっともながら、

「そういう危うさを好む悪い癖の人って、いると思う」

お麻は強弁した。

「言うねえ！」

栄吉は笑いと驚きをないまぜにした目で、お麻を見た。

浅草の中心地は、寺だらけである。坂本町は新寺町の、北へ奥まった寺町の一画である。ごく狭い町割だから、住人も市兵衛をよく知っていたが、

「つい先だって、引っ越されましたよ」

という返事である。

「どちらへ――？」

「何でも日本橋岩本町で、津田屋《つたや》という質店を持ったそうでございますよ」

えッ！　と二人が驚いたのは、清三郎が死んでからまだ一月《ひと》しか経っていないのだ。その身替りの早さは、あまりにも手際がよすぎるというものだ。

二人はすぐに日本橋へとって返した。

神田川に架かる和泉《いずみ》橋を南へ渡り、旗本屋敷の集まる地域を廻りこんだところが、岩本町だ。

質と下げた看板があり、紺暖簾に〝津田屋〟と白抜きされている。間口は三間と手狭だが、母屋のほかに蔵があるはずだから、それなりの敷地の広さはありそうだ。

質屋は庶民を相手にした金融で、公定年利は一割五分から二割。衣類から夜具にいたるまで何でも預かる。それだけでは儲けは薄い。それでいて、なぜ質屋は栄えるのか。

客の中には書画骨董、武具、馬具、脇差しなど持ちこむ者がいる。これらの値は叩きまくり、格安で取引する。いずれもひどく窮迫した立場なので、たいがいは流してしまう。そして元値の何倍かで売れれば、高い利益が生まれるのだ。

市兵衛はそうした図太い商人魂を持ち合わせている、という事か。両替屋という厳しい商家で長年鍛えられたのだから当然のことだろう。

店内は、呉服屋のように薄べりを敷いた床の上で商談する。

いま、客はいず、手代らしい男が一人いるきりだ。

「主人《あるじ》の市兵衛さんにお目にかかりたい」

　ここは男の栄吉の出番だ。

「ご用向きは……？」

　自分の名前を言ってから、医者の石庵の名を出した。石庵は知辺《しるべ》という有利さを使ったのだ。

　手代と入れ替わりに、四十がらみのいかつい顔をした男が現われた。商人らしい物腰ながら、堂々と落ち着いた態度である。

　上がり口に腰かけたお麻と栄吉のそばへ、市兵衛は手焙《てあぶ》りを移動させてくれた。真っ赤に熾《お》きた炭火が嬉しい温かさだ。

「これだけのお店を張るには、お手元金も大変でしょう」

　素直な疑問を栄吉は口にした。

「借り店ですし、手初めは小口からなので、何とかなりますよ」

「しかし、上総屋さんがああなっては、お店をやめるときの金子《きんす》は出なかったのでしょう？」

　普通、大店番頭だった者が辞職する際、二、三百両の退職金が出るのだが。

「昨年うちから、わたしの独り立ちについて旦那さまと話し合っておりました」

「しかし、なぜ質屋なのですか？」

「同じ金銭を扱う商いでも、両替商は元手がかかります。それにわたしの兄が継いでいる川崎宿《かわさきじゆく》の実家が、質屋でございます」

まったく畑ちがいというわけではないのだ。

「それでもずいぶん手回しのよい事ですね」

「たまたまこの空き店を見つけて、旦那さまに相談したところ、前金として百両出してくださった。それを敷金《しきがね》にして手を打っておいたわけです」

聞いてみれば、納得できる。

「市兵衛さんは運がよかったのですね。ああいう状況で戸を閉ざしたわけで、ほかの奉公人には一文も支払われなかったのでしょうから」

「まったく、あのお内儀は疫病神だった。旦那さまは嫁えらびをまちがいなさったのだ」

「お浦さんの評判はよろしくありませんね」

頷く二人に、市兵衛の口が勢いづいた。

「あの二人は幼馴染で、でも先代は清三郎坊ちゃんがお浦と遊ぶのを心よく思っていなかった。お浦の父親が出入の植木職人なので、つまるところ身分がちがうわけです。やがて先代が亡くなり、清三郎さんが跡を継がれた、その頃、清三郎さんには好いたお女《ひと》がいて、夫婦の口約束を交わしていた」

「相手をご存じで……？」

「むろん。浅草龍宝寺《りゅうほうじ》門前に高月《こうげつ》という料亭があって、そこの娘さんです」

ちょっと遠くを見る目つきになって、市兵衛はつづけた。

「名をお葉《よう》さん、といってほっそりした美人でした」

「お歳は？」

「二十歳になるかならないか——」

「すると、いまは二十五、六ですね」

「清三郎さんは、早いとこ祝言を挙げたかったようですが、先代が病に倒れ、回復しないまま世を去り、そうした取りこみがつづいたせいで、延ばしのばしになったのです。そんなとき、二人の間にお浦がわりこんだ。清三郎さんの耳に、お葉さんの悪口《あっこう》中傷を吹きこみまくった」

「清三郎さんを我がものにしようと——」

「そのとおり。清三郎さんも若かった。お浦の手練手管に乗ってしまったのは、魔がさしたのでしょうが、ときを同じくして、高月が店じまいに追いこまれた」

「なぜ――？」

「何でも、客に食あたりが出た、という事でしたね」

「まことですか」

「そんな噂がぱっと広まって、とうとう客が寄りつかなくなってしまった。ただしこれも怪しい話でね。だいぶあとになって知れたんだが、実際に食傷《しょくしょう》した人間がひとりもいないんだ。そこでわたしははたと閃《ひらめ》いた。あれは誰かの、いや、はっきり言おう。あのお浦が企んだことに相違ない、と。自分が上総屋の嫁になるには、いかにもお葉さんが目障《めざわ》りだ。そうだ高月を潰そう。そうすれば高月の一家ともども清三郎さんの前から消えてくれる――」

「まんまと思惑は図に当たった」

女の悪《あ》しき執念に、栄吉は舌を巻いた。

「お浦の悪知恵はそれだけではないのです。孕んだ、と申し立て、強引に嫁入りしていますが、後日、その子は死産している。あれもお浦の嘘でしょう。死産うんぬんは、医者を抱きこんでごまかしたのだ、と思います。はなから腹に子などおらんかったのですよ」

市兵衛の表情は妙に晴ればれとしていた。もし上総屋が健在なら、主従としてけっして口外すべき内容ではないからだ。

それを吐き出して、鬱憤めいた胸のつかえがおりたのだろう。

「高月の家族はいまどちらに——？」

「どこでどうしておいでやら、まことに気の毒な事だ」

「ところで、上総屋さんには妾がいたようですが、ご存じですか」

「へえ！　本当ですか。こりゃ驚いた」

「ご存じない？」

「知りませんが、あんな女房では、妾の一人くらいいても無理はありませんな」

「では、女中のお辰さんはいま、どうしておいでですか」

「お辰さん、麹町番町《こうじまちばんちょう》のお旗本のところで女中をしている」

「お武家さまの名は——？」

「たしか、松浦孫三郎《まつうらまごさぶろう》といったかな」

六

もう七つ（四時）。

〝津田屋〟から麴町へ廻る余裕はない。このまま浮世小路に戻る事になる。道々、

「上総屋の奉公人の中で、市兵衛さん一人だけが大金を手に入れたのね」

まるでお店が潰されるのを予測したように、お麻には思えた。

「したたかなものだ。ほかの人たちは身一つで放り出されたんだから」

「清三郎さんが殺された夜、お店まで送ってきた市兵衛さんは、小僧に木戸を閉めさせたそうだけど、市兵衛さんなら開くように細工できたんじゃないかしら。そして、主人の寝間に忍び入ったとしたら」

「市兵衛さんが主殺しだと……？」

「いかにも抜け目なさそうなお男《ひと》だもの。百両は先払いしてもらった、と言うけれど、それだって本当かどうかわからない。もしかしたら、お店のお金に手をつけて、それが主人に知れ、あげく殺してしまった――」

「親父さんの娘だね、お麻は」

「何よ」

「物事の裏を勘ぐるからさ」

「それに男の力なら、清三郎さんの首を絞めあげて、壁まで引きずっていける」

「何のために引きずったのさ」

むし返される疑問であった。

「しごきの両端を握って引きずれば、そのほうが力が入る」

「なるほど、地蔵背負いという手口に近いな」

必ずしも得心したわけではない栄吉だった。

お麻のほうは、栄吉が地蔵背負いなどという殺しの手口を知っていることに驚いた。

しかし、それでも清三郎の死に様が説き明かされるものではなかった。


昼八つ（二時）になると、お麻は浮世小路の店を出た。

お辰を訪ねて麴町へ向かうのだが、麴町は広大なお城を挟んで、日本橋とはちょうど反対側になる。

半刻余、やっと半蔵門にたどり着く。この半蔵門が、江戸城にとって重要なのは、万一の場合の脱出用だからである。半蔵門から伸びる広い通りは、甲府《こうふ》へ継がる甲州街道である。

この道は、城に向かって右側に紀尾井町《きおい》、平河町《ひらかわ》がある。麹町は両側にあり、番町は左側になる。道は尾根道のように高く、両側の地形は落ちこんでいる。

番町はすべて武家屋敷であるから、いたるところに辻番所が控えている。

お辰が奉公をしているという松浦孫三郎宅を辻番で訊き訊きしても、番町だけでも何百という旗本密集地であるからわからない。

埒《らち》が明かず、うんざりして諦めかけたとき、ある番所でその所在がようやくわかった。

麹町通りの御用地の間を北に入ると、かなりの坂道になっている。その下り坂の最も低い所が御厩谷《おんまやだに》といい、松浦孫三郎の屋敷は、その近くにあった。

拝領屋敷は二百坪ほどの広さがあるが、あまり手入れの行きとどかない居宅のようだ。

冠木門《かぶらぎもん》の脇の潜《くぐ》りから訪《おとな》いを入れて用件を言うと、

「裏へ廻れ」

理不尽にどやされた。

ささくれ立った板塀に木戸があって、そこを叩いていると、女の声でやっと中から返答があった。

お麻は、お辰に会いたい旨と、自分の友だちとしてお篠の名を使った。言い終わらぬうちに、

「どのようなご用で、わざわざお越しになりました？」

出て来たのは、お辰自身だった。

「旦那さまのお妾ねえ、いっとき居たと思いますよ」

お麻の問いに、そうお辰は答えた。

「やはり——」

「詳しい事はわかりませんけれど。囲われていたのは半年くらいじゃありませんかね」

「なぜやめられたんでしょう」

「あるとき、旦那さまは真っ青な顔で出先から戻られた。いかがなさいました？　とわたしが伺うと、胸が痛むのだ、とおっしゃいました。何でも左の胸の中が、ぎゅっと握り摑まれたように痛んだのだと。すぐにけろりと治ったそうですが」

「どうなさったのかしら」

「わたしはそのとき、旦那さまはお妾さんの所に行っていたのじゃないか、と思いま

すよ。ときどき、行先もおっしゃらずお出かけになりましたからね。で、旦那さまは恐くなった。ほら、お妾相手だとつい激しくなるっていうじゃありませんか」

四十女のあらぬ想像とは言いきれぬ、とお麻は膝を打つ思いだった。

それでもお麻の胸底《きょうてい》はすっきりしない。得体の知れない小さなわだかまりがこびりついていて、それがお麻自身を手こずらせている。

「上総屋さんのご不幸には、どこか平仄《ひょうそく》の合わないものがあるような気がするのです」

「でも、あれはあれでけりがついたんでしょう」

女房のお浦が発作的に、亭主清三郎を絞め殺した、と奉行所は裁決している。

「女中頭のお辰さんのほかに、上総屋の内情に詳しい人はいませんか」

「そうね……〝高月〟で女中働きをしていたお伸《のぶ》さんなら、何か知っているかもしれない」

〝高月〟の女中だった女が、上総屋の何を知っているのか、いささか疑問だったが、

「そのお伸さんは――？」

「花川戸《はなかわど》の大長屋の横町で、呑み屋をやっているはずだわ」

〝お伸さん〟ね、お麻は心にその名をとどめた。さして役に立つとは思えなかったが。

浮世小路に淡い夕闇が立ちこめる頃、栄吉につづいて治助が戻って来た。

さらに石庵が加わって、三人そろって奥の飯台に顔をそろえた。

「医者にもと侍、それに手先のおれと、妙な取り合わせだな」

気のおけない顔ぶれに、治助は楽しそうだ。

燗徳利とねぎまの鉢ものを三人前、飯台の上に配りながら、

「先生、ちょいと気にかかることを耳にしたんですけれど」

お麻は、生前の上総屋清三郎が胸の痛みに襲われた事がある、とお辰から聞かされた話をした。

バンッ。

石庵のごつい手が台を叩いた。

「わたしとした事がッ」

「何だってえんですか」

治助が目を剝いた。

「迂闊《うかつ》だった。これでは江戸一番の名医の名が泣く」

「だから、何がどうしたってえんです」

「上総屋は心の臓に持病があったのではないか。それならば、あの死に方が解明されるのだ」

「首にしごきを巻きつけて、壁に寄りかかって死んでいたんでしたね」

「あれは清三郎さん自身がいざって、壁にもたれかかったのだろう」

「死体が勝手に動いた、とでも——」

治助を入れた三人が、思わず首をすくめた。

「首を絞められて死んだわけではない」

確信的に石庵は言った。

「あ、そうか、心の臓が止まってしまったのか」

「まちがいないだろう」

それでも不明な点は残る。

「お篠さん——」

近くを通ったお篠を呼んで、お麻は
「酒が冷めちゃった。熱くしてきてちょうだい」

手つかずの徳利を渡した。それから、石庵の言葉に耳を傾けた。

「医者といえども、そうそう病者の死に際に立ち会うわけではない。患者が苦しみ出してから迎えが来ても、間に合わない例は多いのだ。すると家人は、驚き悲しみながら、寝乱れた死者の寝衣をととのえたり、臥床《ふしど》にきちんと寝かしてしまう。だから、どんなに悶《もだ》え苦しんでも、絶息の瞬間の様子がわからないのだ」

「そんなもんかもしれねえな」

「以前、心の臓を患《わずら》っている病人を回診したときの事だ。患者が『起こしてくれ』と苦しそうに喘《あえ》いだ。そこで息子さんが自分の膝の上へ抱き起こしてあげた。その患者は、息子さんの腕の中で死んでいった」

「上体を起こすと、楽になるのでしょうか」

栄吉が思慮深く訊いた。

「その病人の場合、そうした事が何度もあった、と後で聞いたね。そこでわたしは、心の臓が苦しくなると、あお向けで寝ているのが辛いらしいとわかった。ただし、ほとんどの病人は、自力では動けない。引き替え、清三郎さんはまだ三十三歳だ。体力がある。いったん寝床に入ったが、胸が苦しくなって目醒め、壁までいざって行ったにちがいない」

遅まきながらそこに気がついた、と頭をかく石庵の結論で、清三郎の死の一つの謎は解けた。

そこへ、お篠が熱くした徳利を三本運んで来た。

「手酌《てじゃく》でやりましょう」

差しつ差されつが面倒というより、何事にもけじめをつけたがる石庵の提言で、治助も栄吉も立てつづけに猪口《ちょこ》をあおった。固唾《かたず》をのんで石庵の説明に耳を傾けていただけに治助も栄吉もまるで乾いた喉を鳴らさんばかりだ。

「では上総屋さんは死んだあとに首を絞められたんですね」

何とも首をかしげる行ないだ、とお麻には不審が残る。

「そういう事になるのだろうね」

「先生、首を絞められたとき、死んだ人間と生きてる人間のちがいはありましょうかね」

治助は鋭い質問をした。

「そりゃあ、あるだろう。生きていた場合は、顔にひどい鬱血《うっけつ》があったり、歯で舌を噛んだような有様になる」

「うーむ」

治助が難しい顔になって、空《から》の猪口をお麻に突き出した。注《つ》いでくれ、という仕草だ。

「治助さんは、清三郎さんの死体を見ているんでしたね。で、どうでした？」

石庵の問いに、

「多少顔は赤かったがね」

要領を得ない治助だ。

「ともかく、古手川の旦那も検視の役人も、絞殺だと決めつけていましたっけ」

「心の臓が止まってほぼ同時に絞めたのなら、顔に赤味が残るかもしれない」

「お浦はなぜそんな事をしたのでしょうかね」

「わからん、死人に口なしだ」

お麻には、お浦の脳に狂いが生じた、としか思えない。ほかにどんな理由があるだろう。

そのときお麻は、自分の背後で女のすすり泣く声を聞いた。

お篠が、前垂れの端を嚙んで泣きべそをかいている。

「わたしが至りませんでした。もっと病気の内儀《おかみ》さんに気をつけておけば、あんな事にはならなかったでしょう」

「お篠さん、あんたのせいじゃないわよ」

「そうだよ、自分を責めちゃいけない。あの日は偶々《たまたま》お篠さんが、看病の係りにされただけなのだから」

石庵の慰めに、お篠はこくんと頷いた。

七

石庵が帰ってしまうと、治助と栄吉はいつもどおりの差しつ差されつだ。

栄吉に注がれた猪口を口元に運んで、そのまま治助の手が止まった。

「何か？」

その仕草を栄吉が気にした。

「いやね、夕《ゆ》んべ地蔵橋跡の神田堀をこっちへ渡った道で、女が殺されていたんだが、その女の首にも緋色のしごきが巻きついていたのさ」

「奇妙な一致ですね」

「図らずも同じというのは引っかかるなあ」

「女の身許は知れたんですか」

「ああ、安針《あんじん》町の〝しなの〟という居酒屋の酌婦をしている女で、お種《たね》というあばずれだ」

安針町は日本橋の魚河岸に近く、この浮世小路からもほんのひとまたぎの近さである。

「しかし、考えるまでもなく、緋色のしごきを持っている女なんて、この江戸にはごまんといるではありませんか」

裏長屋住まいの女房ならいざ知らず。栄吉が相手にする階層の女客は、ことごとく持っていそうだ、と小間物屋らしい意見である。

「このお種と上総屋とは何の関わりもねえんだがね、こう立てつづけに同じ仕口というのがなあ」

治助が首をひねる。

「お役人はどう言っているのです?」

「顔見知りの犯行じゃねえかって。あばずれでもお種はまだ二十二。男好きのする色めかしい女だったから、狙っていた男がいたのかもしれねえ。目指すは色か金」

「生ぐさい話ですね」

「帯の間に巾着《きんちゃく》が突っこんであったが、小銭ばかりだ」

「金目当てでないのなら、男が粉をかけて失敗《しくじ》ったあげくに、しでかした殺しですかね」

「そうだとしても、しごきはどうなる」

「お種のものでは？」

しごきは寝間帯に使ったり、外出時、帯の下に結んだりする。

「そんなもの身につけていなかったそうだ」

「亭主はいたのですか」

「左平次《さへいじ》という錺《かざり》職だが、根っからの怠けもんのろくでなし。住まいは神田紺屋町《こんやちょう》の小十郎《こじゅうろう》長屋だ」

そこで差紙《さしがみ》を出し、八丁堀の大番屋に出頭させた。ここには小体《こてい》なお白洲があって、容疑者の訊問が行なわれる。左平次はそこで厳しい詮議を受け、次のように申し開きをしている。

『お種の殺された晩は、下谷練塀小路《ねりべいこうじ》の旗本屋敷の中間《ちゅうげん》部屋で、とぐろを巻いていた。その場で開帳された小博打で、勝った負けたの差し引きが深夜までつづき、紺屋町の長屋に戻ったのは、丑三《うしみ》つ刻《どき》。駕籠舁きがお種の死体に出喰したのが五つ半少し前。つまりその刻限に左平次は中間部屋で熱くなっていたのである』

捜査《さぐり》の結果、左平次の申し立てに相違ない事が判明した。

「どうも雲を摑むような話だ、と思わねえかい、栄さんよ」

二人の会話の間にも、客の顔ぶれが少しずつ変わっている。空いた席の膳をさげたり、料理を運んだりしているお麻の袖を引いた客がいた。

「おや、正《しょう》さん」

赤らんだ目がとろけそうな、左官屋の正一《しょういち》だった。

「たまには酌してくれよ、お麻さん」

「うちはどのお客さんにも酌はしません」

「さっき、誰かに酌してたじゃねえか」

「もう目が定かじゃないのね。あれはお父っぁんですよ。お客じゃありませんたら」

「ちえッ、邪険な娘だ」

とたんに、立てつづけのくしゃみが出て、肩を揺する正一に、

「正さん、おつもりですよう」

帳場からお初の声が飛んで来た。

酒癖というのはいろいろある。

笑い上戸《じょうご》に泣き上戸、怒り上戸に説教上戸は序の口で、やたら女を口説いたり、着ているものを脱ぎたがるのもいる。

酔いの頂点に達すると、くしゃみを連発するのが正一の癖で、それ以上呑むと、ぐ

たぐたと崩れるようにぶっ倒れてしまうのだ。かろうじて残った正気で勘定を払い、着物の袖で鼻水をふきふき、正一は帰って行った。

お種殺しの探索は進展を見ない。

朝早くから、暗くなるまで飛び廻る治助の顔は、日に日に疲労の色を濃くしていく。それでも朝からの冷雨にめげず、治助はまだ地取りに歩き廻っているらしい。

「おや、今夜は客の入りが悪いね」

保田屋と名入りの番傘をたたみながら、栄吉が店内を見廻した。

晴雨にかかわらず、空席の目立つ日が月に一度や二度、決まってあるものだ。あたかも客同士が示し合わせたごとく、つれなく顔を見せないのは、商いの神の休日なのか、とお麻は面白がってしまう。

いつもの飯台に座ろうとする栄吉を制し、

「おっ母さん、今夜はお暇をもらいたいんだけど――」

帳場のお初に頼みを入れた。

「どこへ行こうって言うんだい」

さぐるようなお初の目だ。

「うん、ちょっとね」

「お麻、おまえの腹の内はお見通しさ。お父つぁんの苦労を見かねて助《すけ》ようってんだろうが、出すぎた真似をおしでないよ」

「あいすみません」

「厭だね、栄さん、おまえさんが謝る話じゃないのに」

「わからんちんの、おっ母さん」

恨めしげなお麻に、

「いいよ、行っておいで」

急に、お初は優しい母親の顔になった。その照れくさげな表情には、ある含みがある。お麻と栄吉の割りない仲を知ってこそ、子を生《な》しながら出戻ったひとり娘の幸せを願うのだ。

いつもなら、戦場と化してんてこ舞いをする夕飯刻に、店番のてつと文平、それにお篠が手持ちぶさたなのにむしろ安堵して、お麻と栄吉は〝子の竹〟を出た。

宵の口から、祭りのような賑やかさである。

客種は、と見れば、近くの魚市場で働く男たちや、魚や野菜の道売り小商人などで占められている。

早くも酔いどれた蛮声が入り乱れ、種々雑多な喰い物のにおいがまざり合っている。荒けずりのつけ台や、戸板を並べ伸べたような台板の合間をぬって、三、四人の酌婦が酒を運んだり、酌をしながらの相手をしていた。

これがお種の働いていた〝しなの〟という見世である。

どうにか空いている台板に割りこんで、二人は酒の空樽の腰かけに座った。

周りの客たちがじろじろとあけすけな視線をあびせてきたが、男たちが関心を捨てるのは早かった。

日雇稼ぎの大半をさいて、その日のうさ晴らしの代償とするせいか、喰うことに酔うことにひたすら専念している様子である。誰しもが自分の事だけに精いっぱいなのだろう。

一人の酌婦が、注文を聞きに来た。

「お角ちがいのお客だね」

派手な柄の着物で、にたにた笑いを浮かべている。だらしなく着つけた体の線はまだ若そうなのに、濃く塗りつけた衿白粉《おしろい》のまがまがしさが、その若さを殺している。

「おれたちはお種さんの知り合いでね。ご供養がてらやって来たって寸法なんだ」

単刀直入のほうが面倒がない、という栄吉の判断だ。

「へえ、お種さんの――あの人も何の因果であんな災難を引っ被《かぶ》ったのかねえ」

袂《たもと》の中で組んでいた両腕を抜き、女はゆるんだ衿元をかき合わせる仕草をした。

「気の毒にな。そのお種さんの供養だ。熱いのを二、三本つけて来ておくれ」

「下《くだ》りもの、なんてお言いじゃないだろうね。ここはそんな上等なものはないよ。あるのは、よくて地廻りのすみだ川」

「上々だ」

江戸の地酒も捨てたものじゃない。

「それに土瓶で熱燗なんて野暮の骨頂だよ」

〝子の竹〟で使っている燗徳利が流行しだしたのは、ここ数年の事で、チロリや銚子がまだ大半を占めている。

「よし、冷やでゆこう」

大ぶりの茶碗が二つ。なみなみと酒が盛られている。それになめ味噌と沢庵と甘藷《かんしょ》の煮たのは、お麻の注文だ。

「この甘い芋としょっぱい沢庵の食べ合わせが、地酒にはもってこいなの」

「姐さんもひとつやったらいい」

栄吉の気づかいに、

「わたしゃ下戸《げこ》でね」

さらりとかわし、

「さちと呼んでおくんなさい。わたしとちがってお種さんはうわばみだったねえ。あの夜も、足元がおぼつかないくらいへべれけだった。あんな深酔いなら、子供でも絞められるね」

さちはそう言って、首をすくめた。

「お種さんがなぜ殺されたのか、姐さんに心当たりあるかね」

「お町の旦那や岡っ引にも、しつこく訊かれたけど、わたしに思い当たるものはないね」

「お種さんのご亭主を知っていなさるかい？」

「左平次さんか。たまに来るよ。そのご亭主に、お種さんはべた惚れだったね」

「そんなにいい男かい？」

「好きずきさ。わたしゃあの人のようにねっちりした男は好きじゃない」

しかめた顔を、戸口のほうへ向けたさちが、

「来た」

と、栄吉を肘《ひじ》で小突《こづ》いた。

「噂をすれば何とやら、左平次さんのご登場だ」

さちの視線の先に、顔色の青白い優男《やさおとこ》がいた。歳の頃は三十ほど。男にしては骨細で、どこかに病でもありそうな肉の薄い体つきをしていた。

戸口に近い飯台に座り、左平次は酌婦を手招いている。

しとしとと雨は降りつづいていた。

〝しなの〟を出た二人は、相合傘に身を寄せた。夜陰をけぶる雨に人目はない。

「来るかい？」

「はい」

音を立てて、お麻の胸はときめいた。

五つ（八時）を知らせる石町《こくちょう》の鐘が、湿った音を響かせる中、栄吉の長屋のある松田町《まつだ》へと、二人の足は向かう。

そこには熱く燃えつきそうな夜もすがらが待っている。

八

男の亡骸が転がっていた。

お玉《たま》ケ池稲荷《いけいなり》社の前の道である。

見つけたのは、鳥居の反対側にある足袋《たび》屋の小僧だった。朝の白じら明けに、竹箒を手に大戸の外へ出たとたん、緋色のものが目に飛びこんで来たのだ。

うんッ！　と目をこらせば、木綿縞の布子を羽織《はお》った男がぐたりと横たわっている。

小僧の眼裏《まなうら》を染める緋《あか》いものは、その男の首に巻きついたしごきであった。

自身番屋からの通報で出張って来たのは、南町奉行所の廻方同心古手川与八郎である。手先の治助がついている。

亡骸を観察した与八郎は、

「脇腹に、刃物による刺し傷があるな。これは下手人がまず突き刺しておいて、相手のひるむところを、しごきでもって首を絞め上げたのだろう」

そう断定した。

江戸じゅういたるところに稲荷社はある。その中でもお玉ケ池のそれはかなり広い社域であった。

その社《やしろ》の前の通りは南へ抜けており、通りの左右には商家が軒を接している。

与八郎の指示で、治助は付近の聞き込みに当たった。

すると足袋屋の五軒先に煮売酒屋があって、そこで亡骸の身許が割れた。

男は、紺屋町三丁目の長屋に住む、錺職《かざり》の左平次であった。女房の名はお種。夫婦そろって同じ手口で惨殺されたのだ。

「これはよほどの遺恨ある者のしわざにちげえねえ」

与八郎は腕組みをして、治助に顎《あご》をしゃくった。聞き込みは治助の役目とばかりに。

「夕んべも左平次は顔を出したかね」

「へえ、来ました」

法被《はっぴ》を着た店番は一つ頷いた。

「何刻《なんどき》だ、来たのは？」

「五つ（八時）すぎだったでしょう。ウチの見世は四つ（十時）が看板で、左平次さんはしめえまで呑んでいて、客が一人もいなくなってから、やっとお御輿《みこし》を上げたしだいです」

「左平次の死んでいたのは足袋屋の前だ。となればここを出てすぐ殺されたことになる。それについちゃ、何か知ってるかい」

「しめえの客を追い出したら、すかさず戸板を閉めてしめえます。戸が開いてりゃ、呑ませろとしつっこいのがいますからね」

叫び声も何も聞いていないと言う。

「ここへは、いつ頃からだ？」

「へえ、秋口からですね」

まだ半年かそこいらだ。

つまりその頃、紺屋町三丁目に越して来たのではないか。

「前はどこに住んでいたのかな」

「聞いていません。酒が入っても、自分の事はあまり話したがらない人だった。色白の優男だが、ときどき、どこか世をすねたような、どきっとする暗い目をしていて、とっつきの悪い人だった」

その日、四つ半（十一時）には来るはずのお篠が〝子の竹〟に姿を見せなかった。具合でも悪くしたのか、とお初が店番の文平を、お篠の住む弥左エ門町の仲助長屋へ走らせた。

やがて、息せき切って戻ってきた文平の報告は、

「長屋にもいませんでした」

であった。

相長屋の住人に訊ねても、朝から姿を見ていない、と答えたという。

突如、お麻の頭の中で閃いたものがある。

「おっ母さん、無理を承知で言うのだけれど、ちょっと抜けてもいいかしら」

「何をお言いだい。お篠とお前が抜けたら、昼の商いはてんてこ舞いだよ」

帳場のお初がきつい声を放った。

「てつさん、文平さんに頑張ってもらってよ」

「女将さん、大丈夫ですよ。二人で何とか切り廻します」

てつが助け舟を出してくれた。

「いったい、どこへ行くつもりかい」

「お葉さんという女《ひと》を探します。探さないといけないのよ」

「お前に心当たりがあるのかい」

「一人だけいるのよ」

言うなり、お麻は店を飛び出した。その背にお初の声が追いかけて来る。

「用がすんだら、とっとと戻るんだよ」

米河岸の船宿で猪牙舟を奮発した。舟は伊勢町《いせちょう》堀から日本橋川に出て、箱崎橋《はこざき》をくぐり、新大橋手前の大川に出る。そのまま遡上すれば、浅草花川戸の船着場に着くことになる。

冬晴れの空は青く澄みきっていても、水面を渡る風は冷たい。

両の袂《たもと》を胸の前で掻き抱きながら、お麻の脳裡はめまぐるしく思考を回転させていた。

左平次の殺害場所が同じ日本橋内の事とて、その噂は疾風となってお麻の耳にも届いていた。

——左平次とお種夫婦の一件は、あきらかに強い怨恨によるものだ。

一方の上総屋清三郎とお浦夫婦にも、恨みを向ける者がいる。それはお浦の讒言《ざんげん》によって潰された料亭〝高月〟の人間だ。清三郎に裏切られたお葉という娘だ。

しかし、上総屋と左平次夫婦がどう繋がるのか、そこのところが皆目《かいもく》わからない。

共通するのは緋色のしごきだけだ。

いまお麻の頭の中にあるのは、上総屋に対して骨髄《こつずい》の怨みに荒れ狂っているであろう、お葉の存在だった。

左平次夫婦の件はひとまずおくとして、お葉なら、上総屋夫婦の謀殺をくわだててもおかしくない。お浦の直接の死因は牢死だが、それはお浦のしごきが犯行に使われた結果であって、間接としては殺されたに等しい。

先日、女中頭のお辰を訪ねておきながら、お葉について軽視していたのが、いまさらながらに悔やまれて、お麻は花川戸へと気持ちを逸《はし》らせていた。

花川戸の大通りには、下駄や雪駄を売る小店がひしめいている。浅草寺《せんそうじ》に連《つら》なり合わせた町であるから、人出の多い土地である。

その大通りから大長屋への横丁を入ると、こちらも呑み屋飯屋が建てこんでいる。そのうちの一軒の、染みだらけの油障子に、
酒処〝おのぶ〟

と書いてあった。

冬期の寒さに障子《しょうじ》は閉まっているが、夏なら開け放ち、体裁は縄のれんであろう。こうした見世は朝から客もいるし、灯火を惜しんで昼商いだけ、という見世もある。

建てつけの悪い戸を開けると、土間に丸太を打ちこんだ腰掛があって、板台には人足風体の客が二人へばりついている。

長さ一間もないつけ台の中にいるのは小太りの四十女だ。目鼻立ちは十人並だが、

どうにも野暮ったい。江戸の水でも垢抜けなかったのは根っからの田舎育ちのせいだろう。

「何だい、客には見えないねえ」

がさつな声を放った。

「お伸さんで……？」

「さいで……」

櫛目もなく結い上げた髪の根を、お伸は台の上にあった菜箸《さいばし》でぞんざいに掻きながら、じろりとお麻を見た。

「お客さんの邪魔になってはいけませんが――」

「何かまうことはねえ。どうせこいつら、もうへべれけだ」

粗雑で馬力も根性もありそうだが、存外心根はやわらかそうな女である。

「そこで高月のお人たちは、いまどこでどうしておいでなのか、と――」

「お店を失敗《しくじ》ったあと、旦那さんと女将さんはお葉さんを連れて、本所《ほんじょ》の長屋へ移り住んだんだよ。天国から地獄さ。みんなとてもいい人だっただけに、気の毒ったらありゃしない。そうこうしているうちに、ご夫婦とも流行《はや》り風邪で死んじまった。不運は重なるっていう見本みたいだ」

「それでお葉さんは――？」

「お嬢さん育ちのお葉さんは、とても独りで生きてゆく算段がつかない。そこへ間《ま》がいいのか悪いのか、相長屋の男が嫁に来い、と申し入れた。お葉さんとしてはつい、はいと言ってしまったのさ」

「では、いまは幸せにお暮らしで――」

「――なもんかね。相手が錺職の腕のいい職人だっていうから、きっと実直な男にちがいない、とわたしらも喜んだもんだが、これがとんだ喰わせ者だった」

「男の名は――？」

「左平次」

お麻は飛び上がりそうになった。

これで繋がった！

「お葉さんはいまどこに――？」

「わからない。左平次と世帯を持ったのが、深川蛤《はまぐり》町。あいつは女を喰いもんにするような男だから、わたしゃ何度かお葉さんの様子を見に行ったもんだがね」

「どうでした」

「初めのうちは、それでもどうにか無事に暮らしていたようだが、半年ほど前に訪ねたときには、もう二人の姿はなかったね」

左平次がお種と紺屋町に住みはじめたのが、およそ半年前。左平次の女房として、お種がお葉と入れ替わった事になる。

「お葉さんは蛤町からどこへ行ってしまったのでしょうかね」

「ああ、そうだ」

「何です？」

「お葉さんの伯母さんてのが、内藤新宿にいるんだよ。なんでも旅宿をやっているって——そこが、お葉さんが頼っていけるただ一つの居場所ではなかろうか。なにしろお葉さんの妹のお篠ちゃんが、子供の頃に養女に入った家だからね」

口を開けたなり、お麻は絶句していた。

九

内藤新宿は江戸の四宿の一つで、甲州街道、青梅《おうめ》街道の基点となり、大木戸を抜けると御府外になる。

人馬継立場《つぎたてば》としてのこの宿場は、五間半幅の道の両側に旅宿や休み茶屋などが建ち並んでいる。五十軒を超す旅宿の置く飯盛女は、二人までと規制されていて、陰での売春はいわば黙許というものである。

〝巴屋《ともえや》〟という屋号をおのぶから聞き出したお麻は、いったん〝子の竹〟へ戻り、折りよく顔を出した栄吉を誘い、新宿へ向かったのだ。

冷たい風にあおられて、乾いた土埃が舞っている往還は、馬の足跡と排泄物で汚れていて、ずいぶんと田舎じみていた。それでも岡場所なりの賑わいである。

軒看板に〝巴屋〟とある家の戸口の床几《しょうぎ》に、下男らしい老人がつくねんとしている。

〝高月〟の名を出して案内を請《こ》うと、すぐに階段下の奥の間に通された。

初老の男女がそろって現われ、

「ここの主人の音次《おとじ》と申します。こっちは女房のお京《きょう》で――」

畳に手をついての挨拶も、どこか屈託ありげに見える。

「お葉さんとお篠さんについて伺いたいことがあります」

昂《たか》ぶる気持ちを抑えて、栄吉は静かな声で言った。

「二人とも私の妹の娘です」

不安そうな色を眼に浮かべ、お京はつづけた。

「わたしら夫婦には子供ができず、お篠は十歳のとき養女にもらい受けた娘です」

「何があったのです？」

波立ち騒ぐ胸の内が、音次の顔にもそのまま現われている。

「それをお葉さんとお篠さんの口から聞きたいのです」

「お葉は死にました。半年ほど前です」

「えッ！　お亡くなりになった――」

「よほど辛いことがあったのでしょう。ある日、打ちひしがれ亡霊のような姿でやって来ました。三日ばかり寝ついていましたが、人知れず裏の松の立木の枝にぶらさがっていたのです」

そのときの状況を思い起こしたのだろうか、音次は落とした肩を震わせた。

「…………」

「浅草と新宿に別れ住んでいても、仲のよい姉妹でしたから、お篠の嘆き悲しむ姿は、そりゃあ見ておれなかった」

「その直後ですか、お篠さんが上総屋さんへ奉公に入ったのは――？」

「あまりにも突飛《とっぴ》なことなので理由《わけ》を訊くと、姉さんの遺言だ、とわけのわからぬことを申します。むろんわたしらも懸命に引き止めたのですが、見かけとちがい、芯は意地の強い娘です。いったん、こうと言い出したらあとに引きません。いずれ折を見て連れ戻そうと思っていたところです」

「いまどちらに……？」

「一刻ほど前です。いきなり蒼い顔して戻って来たのですが、さっきどこかへ出かけたようです。

「探さなくては——」

不吉な予感が胸いっぱいに拡がっていく。

「あ、そうだ。こちらがお麻さんとおっしゃる方ですね」

黙って、お麻がうなずく。

「そのお方がきっと見えるから渡してくれ、とお篠から文を預かっております。お京、簞笥に入れてあるから取って来ておくれ。そう、お葉の緋《あか》いしごきを入れてある引き出しだ」

「緋いしごきとは……！」

「お葉はそれで首を吊ったのですよ」

そこへあたふたとお京が駆け戻り、

「お、おまえさん、手紙はあったけど、しごきが消えているッ」

音次は畳を叩いて立ち上がり、廊下へ飛び出した。三人も後を追って裏口へ走った。

「何ッ……！」

「お篠――ッ」

叫びつつ、音次が引き戸を開けた。

驚愕の息を呑み、裂《さ》けんばかりに見開かれたそれぞれの眼に映じたのは、眼の前の松の太い枝から垂れさがる、緋色のしごきと、無残に果てているお篠の姿だった。

お篠の手紙は、筆づかいにたしなみのあるきれいな手跡《しゅせき》であった。

『わたしはふた親と姉の仇を討ちました。あの人たちが、父母と姉を不幸のどん底へ突き落とし、わたしを悲しみの淵へ引きずりこんだのです。

あの夜、お浦は眠っていました。出先から戻った清三郎もとうに床についているはずです。お浦の寝顔を見ているとき、襖の向こうでかすかな物音がしました。咳払いのような、呻き声のようなものも聞こえ、じきにしんと静かになりました。どうもただ事とは思えず、清三郎の部屋へ入ると、あの男が壁に寄りかかって死んでいました。

そこで咄嗟にお浦のしごきを持ち出し、清三郎の首に巻きつけたのです。これならお浦が下手人として捕まるはず、と思ったのです。その始末はご承知のとおりです。

左平次は姉を大事にしてはくれなかった。いつしかお種を引きずりこみ、そんなとき、姉はいたたまれず外をうろついていた、ということです。あの男は、姉のように清らかでおとなしい女ではなく、お種のように身持ちの悪い汚らしい女のほうが好みだったのでしょう。

津波のように押しよせた不幸つづきに、姉は生きて行く気力を失くしたのだ、と思います。私の慰めや励ましも耳に入らないほどに。

ひどく酔っていたお種は簡単でした。男の左平次はそうもいくまい、とまずうしろから包丁でさしておいて、力を失ってふらつくところを絞めたのです。

お麻さんと栄吉さん、それに親分さんや女将さんまでいろいろご厄介をおかけして申しわけございません。どうぞお許しください。

わたしはお父つぁん、おっ母さん、姉さんのいるところへ参ります。

巴屋の父母には、どうぞご寛大なご処分を願わしく、お役人さまにお口添えをいただけましたら、黄泉路《よみじ》より厚くお礼を申します

篠』

寒風が背を押すのか、つぎつぎとやって来る客で、〝子の竹〟は宵の口から盛り上

がっている。

「何でえ、浮かねえ面してるじゃねえか」

栄吉の隣に座りながら、治助はあえて荒っぽい口調になった。

「上総屋さんは病死だったのだから、お篠さんはあそこで踏みとどまるべきだった。いくら憎い左平次とお種でも、殺してしまえば自分も生きていられない。周りも巻きこんでしまう。やりきれませんよ」

お篠のしてのけた犯罪によって、巴屋は欠所、音次とお京夫婦は江戸払いだ。これが享保の改革以前なら、夫婦とも死罪という重い刑を受けたであろう。

女中としてお篠を雇った〝子の竹〟も過料（罰金）の沙汰があるところ、これは治助と与八郎の役目の与得として、裏からもみ消してもらった。お篠を雇う際、口入屋を通していないし、請人《うけにん》も立てていない。実働はほんの半月もない日数だから、なかった事にしてくれたのだ。

「無傷で上手に生きられるほど、人の世は甘くできていねえんだよ。おまえさんだって、侍を捨てるにはよくよくの事があっての上だろうさ」

「だからこうして〝子の竹〟のみなさんに出会えた。すると人生、悪い事ばかりじゃありませんね」

「そうともさ。おうい、うんと熱くしたのを持って来ておくれ」

治助の声に応えて、お麻が燗徳利を二本と小鉢を運んで来た。

「はい、これ豆腐の味噌漬け、熱燗にはもってこいよ」

お麻のあでやかな笑顔を、栄吉はほのぼのとした思いで見上げていた。

第三話　命なりけり

一

柳原岩井町《やなぎはらいわいちょう》にある料理屋〝つたや〟の前まで来ると、女はさっと身を翻《ひるがえ》すように、その格子戸の内に吸いこまれて行った。

応対に出た女中に、

「連れは、じきに参ります」

表向きは料理茶屋であっても、客の多くの目的は逢曳《あいび》きであるから、その内実は出《で》会茶屋《あいぢゃや》に近い。

女が通されたのは、一階の奥の六畳間。東側に面した窓の外は、手狭な庭になっていて、混み合った庭木の密生した枝にさえぎられ、陽《ひ》はまだ高いのに室内はじっとりと薄暗い。

　座敷に座るなり女は、

「お酒を二本ばかり頼みますね」

　どこか気ぜわしく注文した。

　連れがまだなのに、なんと気の早い、と女中は女の様子をちらと窺《うかが》った。

　地味な木綿物の身装《みなり》の女の歳は二十代半ばといったところ。紅《べに》一つつけていない顔立ちは、これといった特長はないが、色の白いは七難隠すの見本のように、年若の艶《なまめ》きに輝きを放っている。

　酒徳利と盃、それに肴《さかな》の小鉢をのせた蝶《ちょう》足膳《あしぜん》を運び入れて、女中が下がると間《ま》なしに男がやって来た。

　横鬢《びん》に白いものを刷《は》いているが、せかせかした歩きぶりや、恰幅《かっぷく》のいい体格は、年齢を感じさせない活気にあふれている。着ているものや物腰から、どう見てもお店の旦那然としている。

　女の酌でたてつづけに二本の徳利を空《から》にした男は、背後の襖を引き開けた。

　その四畳半の間《ま》には、夜具がのべられ、枕頭《ちんとう》には紅い絹行灯《あんどん》が妖《あや》しげに点《とも》っている。

　四半刻（三十分）も経《た》って、女が慌しく帰って行った。帰りしな、男について、

「よくお寝みですけど、すぐ起きられるでしょう」

と、言いおいている。


「お滝《たき》さん、ちょっとお邪魔しますゥ」

腰高障子に〝上絵《うわえ》〟と書かれた戸口で、お麻は声をかけた。

「おや、まあ、お麻さんじゃないの」

どこか気の抜けたお滝の声が返って来た。いつも人もなげな口調で、他人《ひと》をこきおろす女にしては、弱気が滲《にじ》んでいる。

ここは神田九軒《きゆうけん》町の通称小町《こまち》長屋である。かつて神田小町と呼ばれた美女が住んでいたそうだが、その小町はどこへやら、いまや古びて貧しげな裏長屋である。三坪と五坪の家が入り混じっている。

土間へ入るなり、お麻は仕事場にいる半助《はんすけ》に、

「こんにちは」

と、小腰をかがめた。

お滝のところは五坪あり、土間横の二畳分が半助の仕事場なのだ。

半助は十三歳のときから紋上絵師《もんうわえし》のところへ弟子入りして修行を積んで来た。

反物《たんもの》の紋付けには、描き紋、縫い紋、切付け紋とがある。半助の専門はもっぱら墨と筆を使う描き紋である。

手先の器用な半助の上達は速く、二十歳《はたち》になった今年、師匠に独り立ちを許されて、居職《いじょく》を張れるだけになっていた。

生まれつき、半助は足が悪かった。歩くとき、右足を少し引きずるようにする。この事が母のお滝の性分を穏やかならぬものにしているようだ。

——息子の足が悪くたって、負い目なんぞあるもんか。倅《せがれ》が外に出たがらないのは、仕事に打ちこんでいるからだ。近所の娘たちが相手にしてくれないのが何さ、いつか、きっと——。

どっしりと岩のように身構えているのは、お滝の切《せつ》ない母性の強がりである。弱気で消極的な息子を励まし、支える深い情愛なのだ。

「お滝さん、お父つぁんに聞いたんだけど、奉公先の和久井屋《わくいや》さんが盗《ぬす》っ人《と》にやられたんだそうね」

「それなのよ」

床から起き上がろうとしたお滝は、いたたたた——と悲鳴を上げた。腰を痛めて身動きならぬ体なのだ。

「いいから横になっていらっしゃい」

お麻はそう言って上がり口に腰を下ろした。

「わたしは何をやっても不運がついて回る。ほんと、厭になっちゃう」

お滝は、神田多町《たちょう》一丁目の呉服店和久井屋の通い女中をしている。

和久井屋の家族は主人の甚兵衛《じんべえ》とその妻お万《まん》、離れ屋に住む長男の一平《いっぺい》と妻のお香《こう》、それに四歳になる太市《たいち》の五人である。

三月《やよい》六日、家族五人が打ち揃って家を空けた。相州戸塚《とづか》の本家筋の法事に参加するために出かけたのだ。六日早朝に発ち、戻りは翌七日の日程であった。

住み込みの奉公人は番頭の善六《ぜんろく》、手代の長吉《ちょうきち》、茂平《もへい》。見習いの信《しん》、それに小僧のたけしの男衆。女中は女中頭のお島《しま》、その下におさだ、お夕《ゆう》、りよ、の四人。それだけの人数がいれば、留守宅は充分に守れる。

ところが通い女中のお滝がその晩、和久井屋の内所に泊まるはめになってしまった。主人の留守をいい事に、若い女中たちが羽目をはずさないよう監視の役を命じられたのだが、それが不運の一つとなってお滝にふりかかった。

その晩、盗賊にやられたのである。

七日の朝になって、起き出して来た奉公人たちの目には、何の異変も見えなかった。

夕刻近く戻った甚兵衛が、蔵を開けて初めて被害が発覚したのである。

「それからがさあ大変！　お町の旦那やら治助親分やらが乗りこんで来て、それはそれはきついお調べさ」

お滝はいまいましげに唇を歪めた。

「だってそれがお父つぁんのお役目だもの」

「わかっているわさ。わたしはいつもたいそうお世話になっている親分さんを、悪く言うつもりじゃありませんよ」

「それにしても誰も気づかないなんて、名人並の盗《つと》めだわね」

商家の板塀を乗り越える技術を習得している盗賊も多い。乗り越えて侵入し、帰るときは木戸口から出て行く。和久井屋の件も同様であろう事は、朝一番に起きた小僧が木戸口が開いていたと証言している。しかし小僧は、自分より先に起きて木戸口を開けた者がいるのだろうと思ったという事だ。

蔵の鍵は甚兵衛が肌身離さず持っている。戸塚へも持って行ったのだが、ではどうやって蔵の錠前を開けたのか。しかも犯行のあと、鍵はきっちりと閉められていた。

盗まれたのは、五百両の金箱一つ。蔵には隠し戸棚があって、その中の金箱には手がつけられていない。それと商売物の反物が十本ほど失《な》くなっていた。

「お父つぁんは、お滝さんを疑ってやいませんよ、だから安心して。だけど、その腰はどうしたの？」

「どぶ板ですべって、したたか腰を打っただけなんだけどね」

それも不運の一つだろうに、お滝はわざとらしく明るい声で言った。

二

「帰《け》えったよ」

莫迦《ばか》に遠慮がちな声である。

「おや、おまえさん――」

横寝の姿勢で、戸口に突っ立っている亭主の孫八《まごはち》を、お滝はじろりと見上げた。

その視線から逃れるように、孫八はお麻にぺこりと頭をさげた。

「おいでなさい」

「お邪魔してます」

孫八の歳は、お滝より二つ上の四十二。顎が張って何もかも頑丈そうな造りの女房とちがって、孫八の下《しも》ぶくれの顔立ちといい、ふっくらとした肉付きといい、上から下まで柔らかそうな体型である。

生来の怠け者という体質があるらしい。孫八がそれだった。何をやっても長つづきしない。悪さには縁のない男だが、飽きっぽい性分だから、身を入れて修業し、一つの技を会得するなんて夢のまた夢である。

十数年の昔、職を転々とするうちに、振り売り時代の治助に出会っている。それからは何くれと〝子の竹〟の人間を頼りにしているのである。

「和久井屋の件で、お麻さんはわざわざ見舞いに来てくださったのさ。そこでぼさっとしてないで、何とかお言いな」

お滝に気合を入れられて、孫八は口の中でもごもご言葉を嚙んでいる。

「こんなに早いお帰りとは、商いはどうなのさ。まだ八つ半（三時）じゃないか」

不満そうなお滝だ。

「今日はよく売れた」

「いくつだい？」

孫八のいまの家業は、湯出鶏卵《うでたまご》売りだそうである。

「三十だ」

「売値は一ついくらだい？」

「わかってるくせに――」

「いくらだい？」

「二十五文だ」

「元値は――？」

「うるせえな」

気弱げに反発した。

「何だって、もう一度言ってごらん」

「十六文だよ」

「そうだよね、三十個売っても儲けは二百七十文だ」

「あら、いい稼ぎじゃないの」

悄気《しょげ》返っている孫八に、お麻は助け舟を出した。

「そう二百七十文の稼ぎは立派なもんですよ。毎日精を出してくれればね。ところがこの人、暑いの寒いの、雨が降ったの槍が降ったのとごたくを並べ、ごろごろしてばかりいる。ああ厭だ、厭だ」

激昂したせいか、お滝は目を赤く潤ませている。

「おれだって精いっぱいやってんだ」

小声のぎりぎりの反論らしい。

「おまえさんッ、女房子どもをかかえた男なら、一度くらい死にもの狂いで働いてごらんな」

「おれにだってその理屈はわかるよ。だがな、死にもの狂いになりたくても、なれねえんだよ」

面目なさの余りか、孫八は涙ぐんでいる。

腑甲斐ない亭主を持った不運を世間に悟られまい、とするかのように、お滝はことさら強気な態度に出る。他人の悪口や噂話に明け暮れて溜飲《りゆういん》を下げるのも、お滝一流の虚勢であるらしい。

——意気地のない亭主や足の不具な息子かもしれないけれど、わたしゃけっして不幸でなんかあるものか。

無言のうちに、お滝はそう叫んでいるようだった。

「そうだ孫さん、煮豆と蛤《はまぐり》のしぐれ煮を持ってきたの。ご飯のとき出してやってね」

「ありがたい事で。女将さんにもよしなに言ってくだされ」

ほっとした様子で、孫八は竹の皮にくるんだ煮ものを押しいただいてから、半助にもそれを示した。

半助は色白の顔を無言で頷かせ、仕事台の上に目を落とした。台の上には広げられた反物や刷毛《はけ》やぶんまわし（コンパス）があって、いかにも一人前の若い職人然とした様子である。

「また来ます。お滝さん無理しないでね」

戸口を出たとたん、裏木戸から入って来る竹二《たけじ》の姿が見えた。

竹二の家はお滝の家の真向かいで、母親のおうのと二人住まいである。

頭にねじり鉢巻、黒い腹がけどんぶりに尻切れ半纏のいでたちは、いかにも仕事帰りである。草鞋《わらじ》をはいた逞《たくま》しい裸の脚といい、顔といい、いたるところに乾いた白い粉がこびりついている。

竹二は漆喰師《しっくいし》で、白い粉は材料の石灰《せっかい》である。

「こんにちは」

丸い顔に愛嬌のある目鼻立ちの竹二は、お麻に対してもいつも気持ちのいい声をかけてくれる。

自分の家の戸を開け、

「おっ母さん——」

「あいよ」

母親の声が返って来る。

「おっ母さん、いま帰《け》えったよ。ちょっと足をすすいでくらあ」

井戸は裏の路地木戸のほうにある。竹二はまず母親に声をかけるために、井戸端をやり過ごし、わざわざ「おっ母さん」と母のいるのを確めてから、やおらまた戻って顔や手足を洗うのだ。

律義《りちぎ》で母親思いで働き者の竹二は、まだ妻帯していない。三十半ばになっても、女にはきわめて不器用で、とても自分から誘いをかける芸当などできないのだろう。

表木戸を抜けかかるお麻の背に、

「おっ母さん……」

「何だい……」

親子のほほえましいやりとりが、あとを追いかけて来た。

浮世小路に春の夜のなまぬるい風が吹き抜けてゆく。

花見帰りの客が浮かれ騒ぐ〝子の竹〟の隅っこで、相次いで戻って来た治助と栄吉がいま酒にありついたところだ。

栄吉は好物の豆腐の味噌漬けに、茹《ゆ》でわたりがに。治助は菜の花の辛子和《からしあ》えに、平《たいら》貝《がい》山椒焼きが肴だ。

「どうですか、和久井屋の件は——？」

栄吉の問いかけに、

「さっぱりだ」

治助はきりっとした眉宇《びう》をしかめて猪口をすすった。

「手口もはっきりしないのですか」

「合鍵を使ったのはまちがいねえ。だが、その合鍵をいつ、どこで誰が作ったかだ。肌身離さず身につけている主人の甚兵衛さえ、思い当たる事は金輪際《こんりんざい》ねえって言うんだな」

「しかも狙われたのが、主人家族の留守中となれば、よほど事情に明るい者の仕業ではないでしょうか」

「そこよ。引き込みの手口だと、手代なり女中なり、同類を引き込んだやつも、犯行後に姿を消してしまうもんだが、和久井屋の奉公人の中にいなくなった者はいないんだ」

「金箱のほかに反物も盗《と》って行ったそうですね」

「どれもそう高値《こうじき》な品じゃないそうだから、行きがけの駄賃ってとこだろうな」

「それでも叩き売れば、何がしかにはなりましょう。そっちのほうから足がつけばいいですね」

「江戸より他《ほか》の土地に持ち出されたら、手の打ちようがねえなあ。それに反物の柄行《がらゆき》もはっきりしていねえってんだから、始末が悪《わ》りいや」

そう治助がぼやいたとき、代わりの酒を持って来たお麻が、

「明日、利根川屋さんから花見の宴のお招きがあったんだけど、おっ母さんもお父つぁんも抜けられないから、私に行くようにって――。栄さん、付き合ってもらえない？」

「利根川屋さんの宴は豪勢だぜ、二人して行っておいで」

治助のほうが乗り気になっている。お麻と栄吉の先き行きを楽しみにしているのが、その声の調子に現われていた。

三

「今日は格段に眩《まばゆ》いなぁ」

栄吉の溜息だ。

お麻の花見の装いは、千筋《せんすじ》の洗柿《あらいがき》地の小袖に媚《こび》茶色の帯、他所《よそ》行き用にとお初が仕立てておいてくれたものだ。色目は地味だが、粋さもある絹物で、上背のあるお麻が着ると、あえかな色香が匂い立つようである。

栄吉のほうは、ごく地味な紺の籠目《かごめ》模様の長着に角帯姿。これも絹の一張羅《いっちょうら》。何と言っても〝利根川屋〟の招きだ。粗末な装《なり》では他の招客の手前もある。

利根川屋丹二は、江戸屈指の材木商の三代目である。

その利根川屋との縁は、お初が治助と夫婦になる前の五年ほど、本材木町の〝利根川屋〟の本宅で奉公していた事に始まる。

性格が素直で骨惜しみせぬ愛くるしい少女を、十歳年上の丹二は妹のように可愛がっていたのである。後《のち》、二十余年が過ぎても、丹二の心の中には、身内のようなお初家族がいるのであった。

足どりも軽く、お麻と栄吉は米河岸から猪牙に乗った。

大川の東岸の墨堤《ぼくてい》は桜花爛漫、うすくれないの雲のたなびくごとく、青い空を染めている。

二人は竹屋の渡しで舟をおりた。堤下から上の道へあがると、花に酔う群衆の盛んな事は言うまでもない。

　庵崎《いおざき》は本所の寺島《てらしま》から請地《うけち》辺りの通称で、有名な秋葉神社がある。その門前には料理茶屋が多く、鯉料理が名物で、生洲《いけす》に水面《みなも》が盛り上がるほど多くの鯉を泳がせている。

　そうした席亭の中でもひときわ構えの大きい〝川口屋〟が、花見の宴会場であった。春慶《しゅんけい》塗りの立派な蝶足膳、意匠をこらした器、豪勢な料理の数々に酔い、一流芸者の艶美に見惚れるうちに陽は西に傾いた。

　招かれた旦那衆をひき連れて、利根川屋はこれから新吉原へくり出すのだそうだ。

　遊里での夜桜見物という趣向に、お麻と栄吉は先に〝川口屋〟を辞した。

「長命寺《ちょうみょうじ》へ寄って桜餅を買いましょう」

　お麻の提案に、

「おっ母さんへの土産かい？」

　栄吉は頷く。

「それもあるけど、お滝さんのところよ。あそこは花見どころじゃなさそうだから」

　小町長屋には木戸口が二つある。大通りに面した表から入った二人は、どぶ道の真ん中あたりで裏口からやって来た竹二とばったり顔を合わせた。仕事帰りらしい竹二は、二人に向かってひょいと頭をさげてから、自分の家の戸口へ顔を突っこんだ。

「おっ母さん、いま帰えったよ」

孝行息子は、まず母親の安否を確めるべく声をかける。

おうのの返事がない。

竹二のところの間取りは九尺二間（三坪）こっきりだから、家の中を見廻すでもなく、母親のいないのは一目瞭然である。

いつもなら賑やかな井戸端も、女房たちの姿が見えない。みなそれぞれに花見に出かけてしまったのかもしれない。

相長屋の全員が使う井戸やゴミ溜め、総後架《こうか》は裏木戸のほうにある。その井戸の向こうから、おうのの小柄な姿が見えた。六十歳ほどの老婆だが、身のこなしはまだまだ機敏さを失っていない。

「何だ、おっ母さん、厠《かわや》かい」

不安げだった竹二が明るい声を出した。

「歳をとると近くてねえ」

「そいじゃ、おいらはちょっくら足をすすいでくらぁ」

いつもながらのほほえましい親子のやり取りだ。

お麻が、お滝の家のほうへ踵《きびす》を廻したとき、

「うんッ！」

背中で栄吉のくぐもった声がした。

「おッ半助さん、いったいどうしたんだ」

竹二もただならぬ声を上げた。

裏木戸からよろけ入って来たのは、お滝のところの半助だ。見れば着物は泥まみれ、袖も取れかかり、はだけた胸や顔が傷ついている。

気配を察したのか、腰高障子につかまりながらお滝が顔を出した。

「あッ、半助、おまえどうしたんだよ」

お滝が息子の体を抱くようにして家の中へよろけ入った。自分の腰の痛みは忘れてしまったようだ。

上り口に腰を下ろした半助は、蒼白な面をこわばらせている。動かぬ目で、血の滲《にじ》む薄い唇を噛みしめている。

小きざみに震わせる体は、痛々しいほど細く、あまり陽に晒すことのない肌は青白い。

自力で戻って来られたところを見ると、どうやら痛手は浅そうだが、あきらかに無法な暴力を受けたのだろう。

「いったい誰にやられたんだッ」

お滝の息まく金切声が、長屋じゅうに響き渡った。

腰かけたまま半助は、無言で頭を横に振った。

「どこのどいつだッ。大事な倅にひでえ事をするじゃないか、わたしゃ泣き寝入りなんかしないよ」

腕まくりも尻まくりもしかねないお滝だが、傷む腰をさすりさすりしている。

「おっ母さん、いいんだ、見ず知らずの与太者に、因縁を吹っかけられただけさ」

「顔くらい憶えているだろう？」

「いや――」

「相手は一人かい、二人かい？　それとも――」

「それより、親方のところへ使いをやってくれないか」

手間職の半助は、親方のところから仕事を廻してもらい、その手間賃を稼ぐのである。

「えッ、おまえは仕上げた反物を持って、親方のところへ行ったんじゃないのかえ？」

「行く途中でやられたんだ。体の傷はともかく、困ったことになった。お預かりした二反の反物を奪《と》られてしまった」

「それで逃げ帰ってきたのかえ」

お滝は悲しそうに声を潤《うる》ませた。

「こんなざまではそうするしかないじゃないか」

半助なりの面子《メンツ》なのだ。

「だけど反物の代金は弁償しないといけないのかい」

「それはおれが働いておいおい返していく。だから、おっ母さんは心配しなくていい。それより、反物の納期が迫っているんだ。遅れたら親方の信用にかかわる。そのためにも、この事を親方に知らせなくちゃならない」

見かけは病身そうな二十歳の若者だが、しっかりした考えのできる半助だ。

「困ったね、わたしゃまだ満足に歩けない。こんなときにかぎって、うちの人、帰りが遅いんだから、ほんとに役立たずだよ。厭になっちゃう……」

お滝のぐちが際限もなくつづきそうで、見かねたお麻がおせっかい口を出した。

「親方のところはどこなの？」

「三河《みかわ》町三丁目裏町にあります。名は真六《しんろく》で、通りから入った横丁の仕舞屋《しもたや》造りです」

そう答える半助の目に期待の色があった。

「三河町なら、じきじゃないの。栄さん、お使い頼まれましょうよ」

お麻は自分のお節介を自認している。人の難儀は見すごせないし、頼まれ事を厭とは言えない。そんな自分に、あとで後悔する事もあるが、つまりはお人好しの質《たち》にちがいない。

「よし、付き合うか」

お滝の家の戸口を出ると、向かいの家から竹二が顔を出した。お麻と目が合うと、

「明日《あした》っからの仕事は、多町《たちょう》の和久井屋さんなんだ」

左官仕事の段どりを報《しら》せるような言い方をしたのは、治助が和久井屋の一件の聞き込みをしているのを知っているからだ。

「何の普請ですの？」

「盗っ人に入られた蔵を、少し手直しするそうで、錠前を取り替えたり、いろいろやるようですね」

験《げん》をかつげば、そうするのが当然かもしれない。

四

江戸城を囲む外堀の北側に、三河町がある。南北に一丁目から四丁目まであって、かなり広い町である。三河は家康《いえやす》の国で、江戸入府をした家康を追って江戸へ来た人たちの町である。

三丁目の横丁にその家を見つけた。戸障子に〝上絵　真六〟とある。声をかけながら戸を引くと、内は狭い土間からすぐ板の間になっていて、五人ほどの職人が仕事中であった。

栄吉はお麻に口火をゆずられて、

「すみませんが、親方さんは――？」

小腰をかがめた。

「わしが真六だが、どのようなご用かな」

奥の仕事机から初老の男の声が上がった。

「半助さんからの頼みごとで参りました」

もう一度、軽く頭をさげたその刹那、錐《きり》ほどにも冷たく鋭い視線が、どこからか飛んできたように、栄吉の背筋がぞくりとなった。

上げた目を静かに這《は》わせて、その源を探ったが、閃光のような視線は消え失《う》せ、親方のほかはみな無関心めいた白じらしさで、机上の手仕事に集中している。

「半のやつがどうかしましたか」

栄吉は事の次第を語った。

その内容にざわつく者もなく、むしろ仕事場の空気がしんと凍りついたようだった。

親方がついと立ち上がった。その目が『外で……』を語っている。どうやら弟子たちの耳をはばかったらしい。

鶴のようにひょろりとした背格好の真六親方は、袖なし羽織の腕を組んで、

「あれはお旗本の矢沢《やざわ》さまからご依頼の品で、黒羽二重と紫地の裾模様の縮緬《ちりめん》に三割《みつわり》菊《ぎく》の紋を描かせたのだが、盗られたものは仕方ない。わしが代わりの支度をしよう」

「ああ、よかった。これで半助さんも安心なさいます」

ほっとして、お麻は使いが役に立ったと喜んでいる。

「いささか不審に思うところがあるのですがね」

栄吉は、すんなり帰ろうとはしなかった。

「親方は、半助さんがなぜあんな目に遭《あ》ったか、見当がおありですか」

「ならず者に目をつけられた、とか」

　それでは納得できない、と栄吉は首を振った。昼日中、体の不自由な人間を襲った暴漢に、半助の腹は煮えくり返ったはずだ。それにしては半助の供述はあいまいだった。

「ほかに何かありませんか」

「ない、と思うがなあ」

「半助さんは、こちらのみなさんの受けがよくないのでしょうか」

　さっき、仕事場の空気を切り裂いた敵意のある視線は無視できない。半助という名に、一同が敏感に反応したのはまちがいない。

　真六は困ったように、

「あいつは若いのに腕がいい。ちょっと暗いところがあるが、性格はめっぽう真面目だ。わしはそんな半を買っているのだが、ほかの弟子たちはどうやら面白くなさそうだ」

　骨ばった指で、横鬢《よこびん》を掻きながら嘆息をもらした。

「そうか、半助さんはみんなから妬《ねた》まれているんだ」

「うむ、わしには子がないので、いずれ半のやつに跡を継がせようかと考えておる」

「半助さんもそのつもりなんで……？」

「前に一度、そうほのめかしたのだが、あいつはうんともすんとも言わないんだ」

「ほかのお弟子さんたちも、それを知っているんですか」

「さて、薄々察しているかもしれんな」

子のない家の家業の移譲はすんなりゆかない場合も多い。

「反物二反の代金は、手間賃から少しずつ払ってゆくそうです」

「わかりました。お手間をかけた、ありがとよ」

律義そうに、真六は頭をさげた。

「お弟子の中では、半助さんが一番年若《としわか》のようね」

鎌倉河岸に向かって歩きながら、お麻は束の間覗き見た四人の職人たちを思い浮かべていた。

「すると全員が兄弟子《でし》になるのかもしれない。そうなると、常日頃から半助さんは居心地の悪い思いをしていたのだろうね」

「苛《いじ》められていたのかしら」

「ああいうじっと耐える型の人間は、がまんすればするほど苛められてしまう」

「厭ねえ、男のやっかみ――」

　胸を痛めながら、お麻は顔をしかめた。

「知ってるかい？　お城に上がる侍に、鯱《しゃち》病というのがあるそうだ。登城口の見附門にある鯱の飾り物から来ているのだが、両御番に番入りした新入りがいびられて、朝登城したときそれを見たとたん、足がすくんでしまう病の事だ。『今日もまた苛められるのか』とね」

「お武家さまが弱い者苛めをするの！」

「男だって、気性の強いものばかりじゃない。むしろ女より弱いところもある。人間同士の不平不満はたっぷりあるし、恨みつらみ、妬みそねみに事欠かない。ただ他人を苛める男は、自分の弱さに気づいていないだけだ」

「人間て、面倒くさいのねぇ」

「なんだか急に疲れてきた」

「花疲れかしら」

「元気づけに、〝子の竹〟で美味い酒でも呑もうよ」

　城の向こうに陽が沈んで、江戸の空に青白い宵闇が忍び寄っていた。

五

商いの帰り道、栄吉の足は九軒町へ向かっていた。ふと半助はどうしているか、と思ったのだ。

傾いた西陽が、小伝馬《こでんま》町の囚獄の堀の水面を金色に染めている。神田堀を渡れば、九軒町までひとまたぎだ。

小町長屋の裏木戸口で、仕事帰りの竹二とばったり出喰わした。

「どうぞ――」

「いや、そっちこそ――」

先を譲り合い、結局、肩を並べて木戸をくぐった。

「和久井屋さんの修繕はまだ終わっていませんか」

栄吉の問いに、

「へえ、思ったよりあちこち傷んでおりまして、まだちっとばかりかかりましょうね」

並んでどぶ道を進み、竹二は自分の家の戸口に顔をつき入れ、

「おっ母さん、いま帰《けえ》ったよ」

「ああ、お帰り」

きまり文句の微笑《ほほえ》ましいその声を背に、

「こんにちは」

栄吉はお滝の家の土間に入った。

「まったく、大の男が母親にべたべたと——、甘っちょろすぎて耳がこそばゆいよ」

お滝は機嫌が悪いらしい。それでも腰をさすりながら、上がり口まで這いずって来て、栄吉の前へぺたりと座った。

「ごらんなさい。ウチの半助なぞ、心根《こころね》は人一倍優しいのに、薄っぺらい愛想なんか口にしませんよ。男というのはそういうもんだ」

その半助は仕事机に向かって、つくねんとしている。

「どうですか、腕の具合は——」

「やられたのが利き腕だもんで、まだ筆はもてません」

静かな口調だった。

「この前、心配して来てくれた真六親方が、ゆっくり養生してから出ておいで、と言ってくれましてね。ありがたい事ですよ。こうして親方に目をかけてもらえる孝行息子なんて、そうざらにいるもんじゃありません。前の家に見せてやりたいもんですよ」

今日のお滝は、おうの親子の声がよほど耳障りのようだ。

「いいじゃねえか。親子の仲がいいのは何よりだ」

のそりと戻って来た孫八だった
「おめえみたいに、何でもかでもケチをつけりゃいいってもんじゃあるめえ」

日頃口の重たい男にしては、珍しく舌の滑《すべ》りがよさそうだ。

「ふん、おまえさん、ずいぶんと早いお戻りだね」

お滝が噛みついた。

「玉子、売りきれたからな」

急に、孫八の声が弱々しくなった。

「まだお天道さまは明るいよ。一つでも多く売ろうって気にならないのかいッ」

「だから、売りきれたって言ってるんだ」

「莫迦だねえ、あたしが言っているのは、もっと仕入れを多くして稼げってのさ、私もまだ働けないんだから、おまえさんが気張らなくてどうするのさ」

お滝の剣幕《けんまく》は、栄吉の手前もはばからない。

「おっ母さん、おれも頑張って仕事を始めるよ。いつまでも甘えていられない」

「聞いたかい。半ば無理してああ言っているんだ。それなのにあんたはどうしてそうぐうたらなんだよ。たいした働きもないくせに、よくもしゃあしゃあとおまんまが喰えるもんだ」

むむ、むと唸り声を発した孫八の丸い顔が火を発したように紅潮した。全身をおこり病みのように震わせながら、手にした籠を土間に叩きつけるや、くるっと身を翻《ひるがえ》して飛び出して行った。

「いいんですか？」

犬も喰わぬ夫婦喧嘩でも、栄吉は孫八を気の毒に思った。

「かまうもんか。いつだって旗色が悪くなりゃ、ああやって逃げ出すんだから。そのうち、おずおずと戻って来ますよ」

「栄吉さん、先だってはお世話をかけました」

真六へ使いを頼んだ礼を、半助は改めて口にした。

「お安いご用です。気になさらないでください」

「おれは意気地なしだッ」

胸の中を吐き出すように、半助は呻いた。

「私はそう思いませんよ」

「やられっぱなしで、ここでこうしていじけている」

「そんな事はない。冷静な分別があるからこそ、半助さんは抗《あらが》わなかった」

めったやたらに暴力をふるう目の尖《とん》がった輩《やから》もいるが、そんな者をまともに相手にするのは愚かな事だ。

男は生まれながらにして己の本性を感知している。内なる荒々しさや無謀なる勇気を秘めているからこそ、めったな事では益のない反撃には出ないのだ。

賢明な抑制を、気性の強い女たちは『意気地なしッ』とそしりもするが、男にとっては屈辱でもなければ、敗北でもないのだ。

「それに、周りの人間に迷惑をかけまいと配慮できるのは、立派な大人の分別だ、と思いますよ」

「反物を盗られたのに、訴え出なかったのをおっしゃってるんですか」

何事によらず、奉行所に訴え出れば、差配や名主たちを煩《わずら》わせるので、小さな事件なら泣き寝入りしたり、内済で解決する例も多い。

「代金を弁償するのは痛いでしょうけどね」

「痛いも痛いも、大痛ですよ」

お滝が割って入った。

「だって、わたし暇を出されちゃった」

「えッ、和久井屋をですか」

「旦那としては、私に留守を頼んだつもりなのに、まんまと盗っ人に入られてしまった。それが勘弁ならんというわけなんでしょう。わたしが腰を痛めて働けないのを口実にされちまって、もう来なくていい、と引導を渡されてしまいましたよ。大店の旦那なんて、情け知らずの薄情者《もん》ですよ」

お滝が嘆いたとき、どぶ板が慌しく鳴って、相店《あいだな》の女房が息せきを切って飛びこんで来た。

「お滝さん、大変だッ」

「えッ、何がだい」

「お宅のご亭主が、木戸口でばったりさ。血相変えて走って来たと思ったら、何かにけっつまずいたようにばったとぶっ倒れて、それっきり動かないんだよ」

ええッ！　と仰天したお滝は腰の痛みも忘れた身ごなしで、木戸口まで走って行った。

孫八は死んだ。

医者の診断《みたて》は脳卒中である。

木戸口で棒杭のように倒れたきり、一度も目を開けず、大鼾《おおいびき》をかきつづけ、三日後に息を引き取った。

戸障子に〝忌〟の紙が貼られ、相長屋の連中が弔問にやって来ては線香を上げていく。

誰が知らせたのか、和久井屋から番頭の善六《ぜんろく》がやって来て、紙に包んだ香典を置き、通りいっぺんの悔やみ言を述べたが、お滝はそっぽを向いたまま、頭ひとつさげなかった。

お麻と栄吉が焼香をすませたとき、真六が顔を出した。

線香を上げ、手を合わせたあと、

「ご苦労でしたな、このような不運つづきでお気を落とされたでしょうが、わたしで叶う事なら何でもおっしゃってください」

お滝をはげました。それから半助に向かって、気づかった。

「どうだ、腕の調子は――?」

「へえ、明日から仕事を始めます」

「そうか、それはいい。世の中悪いほうばっかりじゃねえさ。地道に働いている者が、最後に勝つんだ。おめえにはそれができる」

「へえ――」

かしこまる半助の脇で、まるで魂が抜けたように自失し、身じろぎもせずへたりこむお滝がいた。

六

道幅十間の大伝馬町《おおてんまちょう》の大通りは、日本橋地帯の中央を東西に貫いている。

ここには、大坂商人や近江商人の江戸店が多く、五十五軒の木綿問屋に、呉服、提灯、傘、煙管などの小間物問屋が江戸繁盛の中枢として、塗屋土蔵《ぬりやどぞう》の偉容を連ねている。

和久井屋の一件の探りの途次、下っ引きの伝吉を連れた治助がこの通りを歩いていた。

呉服店の大丸《だいまる》の前にさしかかったとき、治助がついと足を止めた。

「何です？」

締まらない声で伝吉が訊く。

「おい、あの女……」

治助の目が、大丸を出て来る女を捉えている。

「ほ、上玉《じょうだま》だあ、親分のご存知よりで――？」

「そうじゃねえ、女の着ているものを見てみろ」

「うん、絹の上等品と見た」

女の歳は十九、二十と言ったところ。紫色の裾模様の小袖が白い肌に映《は》えている。髪はつぶし島田に結って、ただの町娘にしては華やかだ。

治助はその女の前に立ちふさがった。

「姐《ねえ》さん、ちょいと訊きてえ事があるんだがね」

女は、はっとしたように表情を硬くした。

着流しに白緒の雪駄、大きく開いた衿の合わせ目から、紺木綿のどんぶりが覗いている。となれば、治助の家業が町方の手先と知れる。

「その着物についている描き紋は、何という紋かね」

「あ、これ、たしか三割菊とか聞いています」

半助が盗られた反物の一つが、まさにこの女の着ているものとそっくりなのだ。

治助にその話をしたお麻は、

『お父つぁんだから話すんだけど、出訴しないという半助さんの気持ちを汲んであげてね。そして、奉行所のお役人にこの件を散らさないでよ』

と釘を刺していた。

『おめえに口止めされながら、おれが喋り散らすと思うのか。見損なうねえ』

治助の固い約定《やくじょう》だ。

だが、盗品らしい物を目の前にすれば、いちおう確めておかねばならない。

「聞いたってのは、どういう事だ。普通は自分ちの紋をつけるんだし、本人が知らねえのはおかしいぞ」

女は黙って不安げに治助を見た。

「ひょっとして、それはあるお旗本が注文した品かもしれん。そのお武家の家紋が三割菊なんだ」

「えッ！」

息を呑んだ女の目の色は、ほとんど恐怖に近いものだった。

大名家などには、留柄《とめがら》といって他人の使用を禁じている定小紋《じょうこもん》の着物柄がある。無断で使用すれば咎《とが》められる。

しかし、家紋の紋は替紋も入れると一万とも二万とも言われるほどあって、町人たちも自由にそれぞれの紋を使っているのである。

「もしかすると留紋かもしれねえから、ちいとばかり話を聞かせてくんな。まずはおめえさんの名だ」

るいと名乗った女は、治助の脅しに肩を震わせた。

「こんな通りの真ん中じゃなんだ、おめえの家へ行こうじゃねえか。え、どこに住んでいる？」

まず住まいを押さえておくのは、逃げられない用心だ。

るいは、ほとんど反射的にこくんと頷いて、

「すぐそこの、横山町二丁目の裏店です」

大伝馬町二丁目から東へ、通旅籠《とおりはたご》町、通油《あぶら》町、通塩《しお》町、横山町と町割がつづいている。

表通りの軒の高い家造りに比べれば、割長屋とはいえ、おるいの住む裏店はみすぼらしい。そんな住まいとひどくそぐわないのが、おるいの着物である。土間と六畳一間の住人なら木綿物が当然なのだ。

治助の疑惑が深まった。

伝吉をどぶ道で待たせ、治助は中へ入り、上がり口に腰を下ろして家の中を見廻した。女住まいらしく、きちんと片づいている。

「一人住まいかい？」

「いえ、おっ母さんは夕方まで蕎麦屋の下働きに行ってます」

「さて、それではその着物をどうやって手に入れたか聞かせてもらおう」

「はい、わたしは両国広小路の〝一文字〟という水茶屋で働いております」

おるいの着物について、治助はにわかに合点《がてん》した。あれで赤い前垂れをすれば、まさしく水茶屋の女だ。

水茶屋の茶代は十六文である。だが客の目当ては若く綺麗な茶屋女である。常連になってあわよくば、と首尾を欲するのなら、まずは百文も奮発しなければ洟《はな》も引っ掛けてもらえない。男の好き心をくすぐり、法外な茶代を取るために、女たちは美々《びび》しく着飾るのだ。

「お見世には、月に一度くらいの割合で、担《かつ》ぎの呉服屋さんが来ます。これはそのお人から買ったのです。紋が入っているのは注文流れだからで、それでよかったら安くする、そう言いました」

「いくらだ？」

「一分二朱（三万七千五百円）でいいと言われ、わたしは飛びつきました。だって私はあまり着物を持っていませんのに、見世の女《ひと》たちは、まるで衣装競べのように、取っ換え引っ換えしますし、そうするのを、一文字の主人《あるじ》は喜びます」

おるいは俯いて紅い唇を噛んだ。日頃から悔しい思いをしているのだろう。

「そいつの名は――？」

「草太《そうた》さん」

「どこに住んでる？」

「聞いてません。主人なら知っていると思いますけど」

「よしッ、当たってみるか」

「あのう、これ着ていてはいけませんよね」

べそをかいたような顔で、おるいは治助の顔色を窺った。

「埒《らち》が明けるまで、しまっておきな」

治助は慰め顔になった。まだ盗品と決まったわけではないし、そもそも出訴されていない。いまここで女の着ているものを引っぱがすのは、勇み足になる。

江戸の盛り場は、両国と浅草である。

大川にかかる両国橋の西側を広小路という。広場には芝居、観世物《みせもの》、寄席《よせ》、楊弓《ようきゅう》店、水茶屋など建《た》てこんでいる。それに、出店の飲食店や野天の芸人などが入りまじり、さしもの広い場所も、道路をのぞく他は地面も見えない。

並び茶屋の一軒に〝一文字〟の行灯が出ていた。まだ火は入っていないが、見世の中にはぽちぽち客の姿が見える。本格的に賑わうのは暗くなってからで、興行物の打ち出し太鼓の音や、呼び込みの声、右往左往する客たちのざわめきは頂点に達する。

治助に呼び出されて、主人が中暖簾を割って顔を見せた。歳は五十くらいで、背が低く胸囲りが酒樽のようだ。

「主人の加平《かへい》ですが、どのようなご用件で――？」

それとわからぬほどの素早さで、治助の風体に目を走らせた。

「担ぎ呉服の草太というのは、どんな男だ？」

「へえ、五年ほど前から、月に一度荷を担いでめえります。わたしのとこの女どもの衣装はお仕着せではないので、値付けの安い草太さんは、みなに重宝《ちょうほう》がられています」

「月に一度ってえのは、次に来るのはいつになる？」

「さて、いつになりますか」

「住まいはどこだ？」

「ええとですね、あ、そうだ。そうだ、確か深川の北六間堀町と聞いた憶えがあります」

「よし深川だな」

「それはそれとして、どうです親分さん、奥で茶の一杯も差し上げようじゃございませんか」

加平は中暖簾の奥へ招き入れるそぶりをした。

奥には小部屋の一つ二つがあって、金しだいで茶屋女と訳ありの関係を持てる、という裏があるのだ。女を抱かせるのも賄賂《まいない》になる。

「いらねえよ」

にべもなく突っぱねて、治助は〝一文字〟をあとにした。

その足で治助は深川へ行った。

北六間堀町は、六間堀にかかる北ノ橋の東西に一つずつあって、伝吉と半分けして探した末、草太は西の喜左衛門店《きざえもんだな》に住んでいる事がわかった。

しかし、家には誰もいず、相長屋の者に訊けば、草太は独り者で、商いから戻るのはいつも夕刻、という話だった。

そこで伝吉を張り付かせる事にした。

「帰《けえ》って来たら、うむを言わさず、浮世小路へ引っ張って来い。四の五の抜かしたら、泣く子も黙るお上《かみ》のご威光だ、と脅していいぜ」

七

伝吉に背を押されて連れこまれたのが、ちょいと高そうな料理屋なので、担ぎ呉服屋の草太は、二の足を踏むように面喰った表情をした。

〝子の竹〟のいつもの飯台で茶をすすっていた治助が、二人に向かって手招いた。

「草太さんとやらかね」

おどおどと近づいて来た草太は、

「へえ、さいですが――」

卑屈なほど何度も頭を下げた。呉服屋のくせに着ているものはくたびれきった木綿物で、貧相な体つきの四十男である。

「まあ、座ってくれ」

と草太を座らせてから、

「伝、おめえは板場でいつもどおりだ。喰って呑んだら、今夜は帰ってかまわねえよ。ご苦労さん」

と、伝吉を去らせ、草太に向き直った。

「これから訊く事には、正直に答えてくれ。さもないと二度と家へは戻れねえよ。おめえの行き先は小伝馬町か佃島《つくだじま》になる」

「えッ！」

怯《おび》えた声が、草太の喉にからんだ。

「おめえ、紫縮緬に、三割菊の描き紋の反物を〝一文字〟のおるいって女に売っただろう」

「へ、へい……」

「あれをどこで仕入れた？」

「そ、それが……」

「さ、ここが正念場だ。真っ正直に白状《はくじょう》するかどうかで、おめえの行き先が決まるんだぞ」

「あれはですね、あれは三次《さんじ》っていう男から買ったもんです」

「そこんとこを詳しく話せ」

「半月くれえ前ですが、本所の北割下水《きたわりげすい》のそばで、ばったり三次に会ったんです。そのときやつが持っていて、安くするから買えって言うんです。出所のはっきりしねえのは厭だと答えると、なあに小博打の借金の形《かた》に取ったんだから心配ねえ、と笑っていました。それでも尻ごみしていると、本当は一両もする代物《しろもの》だが、この際一分《いちぶ》にしとくってんで、それならばと引き受けたものです」

「その三次ってえのは、どこのどいつだね」

「同じ喜左衛門店の住人なので、たまに顔を合わせます」

「たまにってえのは、どういう意味だ」

「三次は遊び人で、ほとんど家に寄り付かねえようです。おすえさんという歳とったおっ母さんを泣かせているのに、与太者《もん》の仲間入りしている小悪党ですよ」

「その話、まちげえねえか」

「へい、一両の値打ち物と聞いてつい欲を出してしまいました。親分さん、どうぞお見逃しください」

必死の懇願をこめた目で、草太は治助をみつめた。

草太の話の流れをたどれば、故買の罪を問うには及ばない。と治助は踏んだ。要は三次を捕《つか》まえる事だ。

「おめえ、飯はまだだろう、喰って行け、お初、何か見つくろってやってくれ」

いかにも空腹らしく、草太は嬉しそうに痩せた腹を両手で押さえた。


「いまは暇だから、ちょいとお滝さんの様子を見て来ておくれ」

お初にそう言われ、お麻は小町長屋へ向かった。

和久井屋の通い女中を、夜盗に入られた腹いせのようにやめさせられて、お滝はいまどうしているのか。亭主に死なれてまだ十日そこそこ、すっかり気落ちしているか、それとも気丈ぶりを発揮して、長屋じゅうに筒抜ける声を張り上げているのか。

お麻は小町長屋の裏木戸を見通せる道に出た。その直線の道の先に、華やかな色彩がふいに現われた。

それは、小町長屋の裏木戸を出た女の衣装である。

すぐに体の向きをお麻とは反対方向に向けてしまったので、女の顔は見ていない。けれども女がそのまま町人地を進んでい行けば、柳原《やなぎはら》通りの浅草御門に出るのだが、行き先よりも女のうしろ姿に妙な違和感がある。

江戸の女は渋好み、と言われている。若い娘が江戸小紋のような地味な小袖を着ると、かえって瑞々《みずみず》しい清冽な若さが際立つのである。年増なら、粋な色気を身にまとう。

お麻の目を引いたのは、その女の派手な衣装だった。絹物らしい水色の地に、繚《りよう》乱《らん》の菊づくしの裾模様、厚板の帯も、金糸銀糸の繡《ぬいとり》のもの、吉原の花魁《おいらん》もかくやとばかりだ。

どうしてもお麻の感覚にしっくりこないのは、女の体型と足の運び方だった。たっぷりと肥えた体つきと、重そうな足どりは、若い女のものではない。

女のうしろ姿が小さくなるのを見送って、お麻は木戸口に入った。井戸端の女房連に挨拶して、どぶ道を行く。

この季節、どの家の腰高障子も開け放たれている。お滝の家の戸口から顔を入れ、

「こんにちは、お滝さんいる？」

声をかける。

「おっ母さんなら、たったいま出かけましたよ」

仕事の手を休めて、半助が小さく笑った。やくざ者に痛めつけられ、あげく反物を盗られた憤懣も、父親に死なれた悲しみも、半助なりに消化したのか、存外さっぱりした表情だった。

「どちらへ……」

「わかりません。この頃は、何も言わずにぷいと出かけてしまうのです。出れば一刻ほど戻って来ません。困ったものです」

言葉ほど、半助は思いあぐねてはいないようだ。あたかも手の焼ける子に対する親のように、温かい調子なのだ。

「お滝さん、新しい奉公先きまりました？」

「いいえ、急がなくてよい、とわたしは言っています。わたしの稼ぎで、かつかつながらどうにか喰っていけますから」

「孝行息子を持って、お滝さん幸せだわね」

手土産の餅菓子をおいて、お麻はお滝の家を出た。

「ちょいと、ちょいと――」

井戸端の女房たちが、お麻を手招いた。

「何かしら？」

「おまえさん、裏からおいでだったよね。そのとき、お滝さんと出会わなかったかい？」

よもや、と思っていた不審が適中して、お麻は少なからずどぎまぎした。

かすかな予感はあったが、あの派手な身装《みなり》の女は、やはりお滝だったのだ。

「あんな若い恰好をして、いったいお滝さんはどうしちゃったのかしら」

「広小路の見世物にでも出てるんじゃないの」

「まさかあ」

お麻の心配をよそに、女房たちはけたたましい笑い声を上げた。

「いつもあの姿なの？」

「家にいるときは、木綿の筒袖ですよ、わたしらと同じね。だけど、ご亭主が亡くなってから、もう何度もあの着物で出かけているんですよ」

「どこへ行くんです？」

「さあて、目なんか上ずっちゃっていて、怖くて声もかけられないよ」

「宿六《やどろく》に死なれて、気でも触れたんじゃないの」

「ちがうね、年じゅう亭主を怒鳴りつけていたくらいだもの、むしろせいせいしているんじゃないのかい」

「だったら、若い男でもできたってのはどうよ」

女房たちは先を争って口々に唾を飛ばす。

夫を失ったばかりの女が、不安定な精神状態になったり、常軌を逸《いっ》した行動に走ることはあるだろう。人の心の底には、自分でも気づかない秘めたる心理が眠っているにちがいない、とお麻は暗い気持ちになった。

「それにしても、あんな着物、どうしたのかしら」

「それよ――」

女房の一人がお麻の袖を引いて声をひそめた。

「妙な噂があるのよ」

「どんな……？」

「前に奉公していた和久井屋に、盗っ人が入ったでしょ。そのとき、反物が十本ほど盗られている。お滝さんの着ているあれが、そのうちの一本じゃないかっていうのよ」

お麻は平手打ちを喰らったような思いで、思わず声を荒げた。

「あなたたち、何て事言うの」

「いまだに盗っ人は捕まっていないそうね。その手口だけど、どうやら引き込みだろう、という噂もあるのよ。その手引きをしたのがお滝さんじゃないかって――」

「莫迦《ばか》ばかしいッ、お滝さんが夜盗の一味だなんて、お天道《てんと》さまが西から出たってありえない。そんな奇想天外な考えをよく思いつくもんだわ」

怒りと哀しみの入りまじった気持ちで、お麻は木戸口を飛び出した。

憤然と裾を蹴散らしながら道を拾って気づけば、予定の道筋ではなく、通町の大通りに出ていた。

浮世小路に戻るには、通町を日本橋方向へ行く。左へ道をとると、人々の行き交う通りは、すぐ今川橋を渡る。

橋を渡りかけたお麻は、ついと橋詰の茶屋を見た。小屋ほどの茶屋で喉を潤そうと歩みかけたとき、茶屋の暖簾を割って、男と女が出て来た。

——あらッ。

男は紋上絵師の真六のところで見かけた弟子の一人だった。

男はお麻に気づいたのかどうか、すっと顔をそむけた。そむけたせいで、男の左の高頬の黒子《ほくろ》が目に入った。

男と女は茶屋の外で左右に別れた。男の正体はわかったが、女のそれは不明だ。

歳の頃は二十代半ばの女だ。器量は十人並みだが、乳色の白い肌は滑《ぬめ》りをおびて、いかにも人目を引くほどの色盛りだ。

突嗟に、お麻は女のあとを跟《つ》ける事にきめた。男と女の間から、あきらかに人目を忍ぶ空気を感じたからである。

それだけでは、ごくありふれた情景かもしれないが、お滝と半助を襲った災難に、いくらかでも力を貸そうとしている〝子の竹〟の人間としては、どんな些細な出来事でも見過ごしにはできない。

女は通町を八辻《やつじ》が原《はら》に向かって歩いていく。やがて神田鍛冶《かじ》町二丁目の角を左へ曲がった。曲がればそこに多町がある。

和久井屋が大戸を張っている町だ。

案の定、女は和久井屋の路地口から屋敷の中へ入って行く。

女の姿を目で追っていたお麻の脳裏に、何かが組み立てられてゆく。まだ形ははっきりしないが、一つの駒が動いたことに相違ない。

和久井屋の中へ消えた女と、真六の弟子一人との間の、明白な繋がりが判明したのだ。

ここに他の人達がどう絡んで来るのか。

ならず者に痛めつけられ、反物を盗られた半助。その反物を茶屋女に売った三次。お麻としては信じたくないが、和久井屋に盗っ人を手引きしたと疑いをかけられているお滝。

店の前を掃いている小僧をつかまえて、

「いま、木戸口から入っていった女《ひと》、私の友だちによく似ているんだけど——」

と、誘い水をかけた。

「内所のお使い番をしているというお夕さんの事ですか」

そのお夕についていろいろ訊《たず》ねたあと、

「お夕さんていうなら、きっと人ちがいだわ」

お麻はにっこりとして、その場を離れた。女の名前がわかればそれでいいのだ。

八

治助と栄吉はまだ戻って来ない。お麻は二人の帰りを待って、気もそぞろである。

〝子の竹〟の客の間を縫いながら、つい視線が戸口のほうへ向いてしまう。注文の料理を載せた平膳を運びながらも戸口が気になって、手も耳もおろそかになる。

「何そわそわしているんだい。客は立て混んでいるんだ。手際よくさばいておくれ」

帳場のお初に活《かつ》を入れられる始末だ。やがて、そのお初が、

「お待ちかねのお父つぁんのお帰りだ」

娘の気持ちを見抜いている。

「その顔は何か摑んだようだな」

いつもの席に座りながら、目を細めてお麻を見た。

お麻は今川橋で見た男と女について喋った。

「女中のお夕か。におうな」

治助は腕を組んで空《くう》を睨んだ。

「それからわたし、小町長屋へ引っ返したのよ、走りに走ってね」

「半助に訊いたのか」

「ええ、左の高頬に黒子のある三十位の男って。そうしたら、それは兄弟子の秀《ひで》だって言ったわ」

「秀は住み込みじゃねえのか」

「八丁堀竹島町の裏店住まいだそうよ」

「しかし、お夕は住み込みだろ。二人が逢引きするのは難しいんじゃないか」

「それも半助さんの話では、秀はよく怠けて仕事を休むそうなの。お使い番なら、お夕だって少しくらいの刻は稼げるでしょ。それに月に一度は、母親の住む深川へ帰るのを許してもらってるそうだから――」

「よし、二人の間を調べなくちゃならねえな」

「では、お酒を持って来ますね」

板場へ行き、燗徳利と肴の小鉢を持って店に出ると、栄吉も戻っていて治助の隣に腰かけていた。

「何だい、その肴は?」

「へしこ鰯《いわし》の刺身をしょうが醤油にくぐらせたものよ」

「美味そうだ、私にも頼む」

そう言う栄吉に、

「これ、たかが鰯だけど、手間がかかるのよ。中指ほどの小さいのを手開きして、塩水で洗う事七たび。鱗《うろこ》を一片たりとも残さないようにするには、そうしないとだめらしいわ」

と、お麻はもったいをつけた。

燗徳利と猪口と肴を持って戻り、酌をしてからお麻は栄吉に言った。

「……お滝さんが引き込みをしたなんて、たちの悪い噂にちがいないけど、栄さん、お滝さんの行き先を探ってみてはくれないかしら」

「いいとも、お安いご用だ。こういう日のために、わたしは日頃から商いを励んでいるから、親方には文句を言わせないよ」

栄吉が胸を叩き、酒もすすんで日はとっぷりと暮れてきた。

五つの鐘の音が浮世小路に流れ入って来たとき、伝吉が疲れきった顔を出した。

「どうだった？」

治助は下っ引きの伝吉を喜左衛門長屋に張り込ませて、三次が戻ったらすぐに知らせるようにと手配りしておいたのだ。

「いや、影も形も見せません」

「よし、明日はおれも行ってみよう」

へい、と首をすくめるようにしてから、伝吉は板場へと急いで消えた。喉も腹もよほど飢えている様子だった。


葉桜の緑が濃くなりはじめ、いまは牡丹《ぼたん》の花が満開になっている。

牡丹ならぬ目にも鮮やかな菊づくしが、栄吉の前方小半丁（五〇メートル）ばかりを行く。

お滝である。若い娘の晴れ着ともとれる衣装だが、俯きかげんのうしろ背は、どこか打ち沈んでいるようにも見える。

春霞のけむる空の合間から、眩しい陽光がふりそそいでいる。

お滝はいったん柳原通りに出て、それから両国橋のほうへ歩いて行く。

見るからにでっぷりと肥えた四十女の派手な装いだ。不釣合いどころか、奇異である。お滝がどんな表情をしているのかわからないが、行き交う人が目引き袖引き、好奇な視線を浴びせているのが、栄吉のところからも見てとれる。

広小路を突っ切ったお滝は、両国橋を渡って行く。

まさかとは思っていたが、小町長屋の女房連が『見世物小屋にでも出ているんじゃないか』と揶揄《やゆ》まじりに言ったそうで、そうでないと知った栄吉は、半助のためにもほっとする思いだった。

だが、橋の途中で栄吉は思わずあっ！　と声を上げた。

向《むこう》両国には、広小路よりもっとえげつない見世物があるのを思い出したのだ。くぐった事はないが女がただ裸をさらすだけなのは、まだ序の口、という物凄さだそうである。

それも杞憂《きゆう》だと知ったのは、広場を突っ切ったお滝が、そのまま町屋の間の道へ入って行ったからだ。

道の突き当たりは回向院《えこういん》である。回向院は浄土宗の寺で、無縁寺とも呼ばれる、明暦《めいれき》の大火の焼死者を埋葬したのが起源である。また勧進相撲《かんじんずもう》の興行が行なわれる場所でもあった。

広々とした境内に人影はなく、林立する墓石も少なくないので、空の明るさがそのまま寺域全体に広がっている感じがする。

お滝は、どこという目的もないように、寺の中を歩いては立ちどまり、立ちどまってはまた歩くようなことをくり返している。まるで暇をもてあましてする散策のようである。

栄吉もお滝の跡をなぞるように、寺の内をぶらつきながら、お滝の姿を目で追っていた。

お滝は立ち止まった。ひときわ大きい石碑が無縁塚であった。その前でお滝は手を合わせたあと、ぼんやりとその石碑を見上げている。いかにも万霊の冥福を祈るがごとき姿に似ている。

そのうしろ姿に、栄吉はそっと声をかけた。

「おや、お滝さんではありませんか」

振り返ったお滝は、一瞬、小さな目を見開いて、それからおどけたように両袖を広げて見せた。それから面喰らったまま困惑し、とりあえずのように笑って見せた。

泣き笑いになったお滝を見て、栄吉は確信した。お滝は気が触れたのではない。栄吉にみっともない姿を見られた恥じらいに身をよじっているではないか。

「妙なところで会いましたね」

あくまで偶々《たまたま》の出会いにしなければ、お滝を傷つける事になる。

「わたし、たまに来るんですよ」

弁解じみて、お滝は目を伏せた。

「ひと休みしますか？」

寺の門前に、よしず張りの床見世がいくつも出ている。その茶屋の長床几に、二人は並んで腰かけた。前垂れ姿の年寄りが茶と団子を運んで来た。

「訊いてくださいよ。どうしてそんな恰好しているのかって」

お滝の強気が顔を覗かせた。

「では、訊きます。どうしたの？」

五呼吸ほど無言のあと、

「あの人と所帯を持つ前、よくここにお詣りに来たものなの」

「何かご縁でも――？」

「いいえ、ここに祀《まつ》られている不幸な人たちを思うと、どんなつらい事でも耐えられるような気持ちになったものよ。励まされるために来ていたのかもしれません。そしてここで、あの人と夫婦になる約定をしたんです」

お滝は寂しげな吐息をついた。

「仲のよいご夫婦だったんだね」

「好いて好かれて一緒になったのだし、いまだって嫌いなわけじゃないのよ。ただね、あたしは昔が忘れられない。若いころのあの人はけっこう働き者でしたよ。それなのに、いつからあんなぐうたらな男になっちまったのか。それが口惜しくてならない」

死ぬ気でやってみろ、と言われても、どうにも発奮できない気質があるようだ。人は、胸の中に熱いものがたぎっていてこそ、苦境にも立ち向かえる。冷めた心では、楽なほうに逃げるもののようだ。

死んだ孫八には、女中としてそこそこの見入りのある女房がいた。おまけに気性が勝っているから、所帯をまかせていても安心だろう。一人息子の半助も、紋上絵師としてどうやら一人前になった。

そこでふっと孫八の気が抜けた。その二人分の見入りで、やっと喰うに困らなくなった。これまでの働きづめの毎日がばからしくなったろう。振り売り稼業の手も抜いた。一度楽をしたら、こなくなったのだろう。あくせくと仕事をする気にはなれ

そう栄吉は推測する。

「あの人はまだ四十二だった。あたしらみたいな貧乏人は、死ぬまで働かなきゃなら

ない。だから、あたしはついあの人の顔を見るたび、声を荒げてしまうんだ。本音は厭味で怒鳴っていたんじゃないんだよ。もっとしっかりしておくれ、と気合を入れていたつもりだったんだ」

「孫八さんはいい人だったね」

肉づきのいい体軀に、ふっくらと丸い顔立ち。それでいてどこかヘラヘラしている。そんな死者の面影が、栄吉の眼裏《まなうら》に浮かんだ。

「ずぬけたお人好しだった。それだけに、あたしゃあの人に申し訳なくて。ウチの人があんなふうに呆気なく死んじまうなんて、金輪際《こんりんざい》思ったこともない。それだから、あの日も口をきわめてののしってしまった。あれが最後だったなんて……わたしゃ胸が張り裂けそうだ」

お滝はぺしゃんこにしょげ返った。

「むしろね、尽くせば尽くすほど、逝《い》ってしまった人に対して、後悔が残るものなんだ、と思う。お滝さんも心の中ではご亭主に尽くしていたんだよ」

「でもね、あたしゃ自分をひっぱたきたいくらい、自分を許せないのさ」

「きっとお滝さんの気持ちは、ご亭主に届いていると思うよ」

「それだといいんだけど。あたしがこうして毎日お詣りしているのは、どうしてもあの人に謝りたくて、力のかぎり祈るためなんだ。ここに墓があるわけじゃないけど、昔の頃のあの人がここにいるような気がしてならないんだよ」

「それにしてもずいぶん洒落《しゃれ》たいでたちだね」

「厭だあ、からかわないでよ。これはさ、あたしたちが祝言《しゅうげん》を挙げたとき、古着だけど死んだおっ母さんがそろえてくれたのさ。晴れ着姿のわたしに、あの人ったら『別嬪さんだ』って目を細めていたっけ」

お滝はまた泣き笑いになった。

「大切にとっておいたのか」

「どんなに苦しくてもこれだけは手離さなかった。いや、わかっている。いい歳をしてこんなもの着たら、誰だって眼を剝《む》くだろうさ。でも、わたしとしたら、せめてあの頃の初心《うぶ》な気持ちに戻ったつもりで、あの人に謝りに来ているのさ」

バツが悪そうにお滝は眼を瞬《しばたた》いた。こんなしおらしいところがお滝にもあったのか、と栄吉は微笑《ほほえ》ましくなっていた。

「命なりけり……か」

「どういうこと?」

「お滝さんは、孫八さんの命を大切に思い感謝しているってことさ」

「もう二度と会えないと思うと、胸の中に恋しさが噴き上がって来るのさ。どんなぐうたらでもいい、生きていてほしかった」

みるみる盛り上がった涙が、お滝の頬にきらめき落ちた。

「さ、戻りますか」

「そうね」

涙をぬぐって、お滝は立ち上がった。それから自分の全身をつくづく見廻し、いまさらのごとく羞恥に顔を燃え立たせた。

九

裏木戸を入ると、井戸端で竹二が足を洗っていた。

「あ、こんにちは」

顔を振り向かせて、竹二はにっこりした。

お滝を先にやり、栄吉も手を洗わせてもらった。

「おっ母さんはお変わりない？」

「へえ、おかげさんで――」

手拭をしぼって、竹二は首筋から厚い胸板まで丹念に拭き出した。

「竹二さんは親孝行だね。いつもおっ母さん、おっ母さんて気にかけている」

「ふふッ、長屋の連中が何て言っているか、百も承知でさあ」

「ま、気にすることはないぜ」

「お父つぁんが死んだとき、おれは十六だった。野郎の十六はまだガキだよ。おれはだがな。『お父つぁん、お父つぁん』と泣いて叫んだ。けど、返事はない。当たりめえのことだがな。それでもおれは息もできないほど悲しかった。死んじまった人の声は、絶対に聞けないという儚《はかな》さを、おれは知ったんだ」

無意識であろうが、竹二の表情はそこはかとない厳粛さと達観がないまぜになっている。

「それでか……」

「あぁ、おれにとっておっ母さんは、この世で一等大事な人だ。だから『おっ母さん』と呼んで『おかえり』とか『何だい？』なんて返事が返って来りゃ、ああ、ありがたいと思うし、とてつもなく嬉しい気持ちになる。おっ母さんももう歳だからね、いまのうちにいっぱい声を聞いておこうって、それだけなんだけどね」

ここにも、命なりけりを沁みじみと心にとどめる男がいた。

その頃、伝吉を連れた治助が、深川の喜左衛門店を張り込んでいた。

手ぐすね引き、じりじりと待つこと一刻半、御籾《もみ》蔵沿いの道に姿を現わした男がいる。

着流しの裾を片はしょりして、肩を揺すり立てながら、長屋の木戸口を入って行く。その風体からどう見ても堅気《かたぎ》ではない。

路傍の松樹の陰に身をひそめていた治助は、色めき立った。

治助の足が空を蹴って、男を追った。三次の母親の住む家の戸口で、男が振り返った。

家の中へ半身を入れていた男は、一瞬、身構えたがにすでに遅かった。治助と伝吉に退路をふさがれて、逃げ場はない。

「くそッ」

男は歯をむいた。色の黒いひねたような中年男だ。

「三次だな」

治助の声が、のしかかるように響く。

「何でえ」

虚勢を張りつつ、三次はおどおどした目つきで治助を睨《にら》んだ。

「草太に売りつけた反物の件だ」

「あッ」

負け犬のような怯んだ表情が、その顔をおおった。

「縄はうたねえ、だが逃げるなよ。ずらかろうとしてみろ、ただじゃすまねえからな」

治助は懐《ふところ》から十手《じって》を出して見せた。

正式な規律では、単独の行動をする手先は十手を携帯してはならない、となっている。相も変わらず、弱い立場の者に、権力をふりかざす手先がいるため、法に対する綱紀粛正を旨とするものであった。

「どうしようってんだ」

「ちょいと、付き合ってもらいてえところがあるんだ」

「どこへ行きゃいいんだ」

「来ればわかる。いいか、逃げればおめえは凶状持ちになる。そうならねえように、大人しくついて来い」

伝吉にうしろ帯をつかまれたまま、三次は新大橋の東詰から小舟に乗せられた。舟

は大川の三つ又から神田堀に入る。緑橋《みどり》の先から堀幅は狭くなるが、鍵形になった
ところを左へ曲がれば、じきに九軒町近くに出る。

間に三次を挟み、治助が先に立って小町長屋の半助を訪ねた。

お滝は戻っていて、

「あれ、親分さん――」

憑《つ》きものの落ちたような、落ち着いた声で言った。

「妙な連れがいるが、邪魔するよ」

治助は三次を土間に突き入れた。

「半助さん、この男の顔に見憶えがあるだろう」

「あッ」

半助と三次が同時に声を上げた。

「やっぱりな、半助さん、おまえさんに傷を負わせて、二本の反物を盗った野郎がこいつだ、そうだね」

「へえ、こいつに相違ありません」

半助は哀れむように三次を見た。

「相棒がいたはずだ。そいつの名は？」

「博打場で知り合っただけのいちという男だが、そいつに手伝わせたんだ。いま、いちがどこにいるか、おれは知らねえよ」

「おめえが草太に売ったのとは別の、もう一本の反物はどうした？」

「いちに分け前としてくれてやった」

「何で半助さんを襲った――？」

「……………」

「たかが二本の反物を奪うために、半助さんを襲うのは合点がいかねえ。しかも、草太に売った金高はたったの一分だ。ほかに理由《わけ》があるはずだ」

「あの日の盆のできが悪くてよ、虫の居所が悪かったんだ。そんなとき、前を行くこの人が目障りだっただけだ」

「おい、三次、おれの目は節穴じゃねえぞ。おめえのこれまでの数々の悪行《あくぎょう》。いくらでも洗い出して見せるぜ。そうとなりゃ、三尺高けえ木の上だ」

三次は物凄い目で治助を睨んだ。

「ふん、覚悟の上だぜ」

「しかしな、半助さんは訴人していねえ。ここでおめえが正直に白状すりゃ、お上《かみ》にも御慈悲というものがある。罪一等を減じられれば、命冥加《いのちみょうが》も夢じゃねえぞ」

治助は懐柔の策に出た。

「よしな、おれはもう肚《はら》は決めているのさ」

「さあ、言わねえかッ」

「脅したって無駄だぜ。はいそうですか、とペラペラ口を割るほど、おれは甘かねえぜ」

たかが反物二本のひったくりだ。半助に傷を負わせてはいるが、それについても問わない、と半助は控えめにしている。

叩けば数々の悪行が発覚するだろうが、いま治助が取沙汰しているのは、半助に対する窃盗と傷害についてである。それだけなら刑は重くない。それなのになぜ三次は、こうも頑《かたく》なに拒否するのか。

「しょうがねえな、古手川さまのご指示をあおぐことにする。それまで近くの調べ番屋に留めおくとするか」

「ああ、何とでもしてくれ。おれはもう自分にも世の中にも飽きあきしてるんだ。打ち首でも磔《はりつけ》でも好きなようにしてくれ。おっと、その前に今生《こんじょう》の罪ほろぼしだ。これをおっ母さんに渡してくれねえか」

三次はそう言って、懐から巾着を取り出した。

「銭か」

治助が二の足を踏んだのは、その銭金の出所が剣呑《けんのん》だと、治助の落ち度になる点である。

「これは汚れた金じゃねえ。まっとうな日雇渡世で稼いだもんだ。てえして入っちゃいねえが、当分の店賃《たなちん》と喰い扶持ぐれえにはなるだろうさ」

「よし、格別な情《なさけ》でもって届けてやろう。それにしてもおめえがこのざまじゃ、おっ母さんもこの先楽じゃねえな」

三次は石のようになった。その顔は自棄《やけ》を通り越して、すべてを投げ打ち、捨て去った者の、不思議《ふしぎ》なほど静かに沈んだものだった。

三次を薬研堀《やげんぼり》の調べ番屋に預け、伝吉を古手川与八郎の連絡《つなぎ》に走らせた。治助も駆けた。領国橋を本所側に渡り、竪川の一ツ目の橋を渡って、あとは御舟蔵、石場と並ぶ一本道を突っ走れば、喜左衛門長屋までさしたる道程ではない。

「おすえさん、これはあんたの息子さんからの頼まれもんだ。納めておくれ」

おすえは骨ばった手で巾着をおしいただくようにして、

「三次については、もう諦めております。じつはもう人別《にんべつ》ははずしてあるんですよ」

「三次は無宿者か」

「言い出したのは、あの子のほうからで、それもほんの一月《ひと》ほど前でございます。おそらく自分の無頼の身の行く末を承知していて、わたしらに厄介をかけまい、と心に決めたのだと思います」

おすえの皺深い乾いた頬に、一筋の涙が流れた。

「おまえさん、これから一人でどうなさる？」

案じないわけにはいかなかった。

「まだ娘がおります。三次の妹でお夕というのが、女中奉公をしており、給金をそっくり渡してくれておりますので、何とかなりましょう」

「お夕――！」

どこかで聞いた名だ。

「はい、多町の和久井屋さんで働かせていただいております」

「和久井屋だ、と！」

治助の目の前を閉ざしていた冥暗《めいあん》のようなものが、いっきに晴れた。

三次と妹のお夕、それにお麻が話していた秀とお夕の仲。この三人が一つの輪になった。

古手川与八郎が治助を連れて和久井屋の暖簾をくぐった。

「これはお役人様。ご苦労さまでございます」

主人の甚兵衛がさっそく出迎えた。

「ちょいと話がある」

長身の与八郎が甚兵衛を見下ろすように言った。

「押し入ったヤツが捕まりましたか」

「じきに捕めえるがな、その前におまえさんの秘密を聞かせてもらいてえ」

「はッ？」

びくっと甚兵衛が首をすくめた。

「おまえさんにとっては、あまり大きな声で言ってもらいたくねえ話になる」

臆《おく》したように腰をかがめながら、

「どうぞこちらへ――」

と、甚兵衛は二人を表店の座敷へ案内した。ここは上客や武家との商談に使われる部屋だ。

「さてと、おまえさんは女中のお夕に手をつけているな。いまさら隠しても何の得にもならねえから、言っちまいな」

「面目もございません」

「いつからだ？」

「半年ほどになります」

「まさか女中部屋でごそごそするわけはねえな。どこで逢ってた？」

「月に一度か二度、お夕が使いに出たとき、岩井町の〝つたや〟で逢ってました。わたしは酒はあまり強くはないのですが、一、二本の酒を呑んでから……でございます」

女遊びには馴れていないのだろう、甚兵衛は年甲斐もなくいかつい顔を赤らめた。

「おまえさん、蔵の鍵は肌身離さず持っているんだったな」

「はい」

と頷いた甚兵衛は、はっと顔を強《こわ》ばらせた。

「何《なに》のあと、おまえさん眠っちまわねえかい？」

「ほんの四半刻でしょうが、瞼が開かなくなってしまいます。その間に、いつもお夕は先に帰るのですが——まさか、まさか——」

「そのまさかだ、とおれは睨んだんだ。合鍵の型をとるには、蠟《ろう》か粘土を使えば造作がねえ」

「では、では、お夕が夜盗の一味だとおっしゃいますか」

「そのとおりだよ。奉公人の一人一人を綿密に調べたが、それができるのはお夕という結論になったのさ。つまり他人目《ひとめ》のねえところで、旦那を裸にし、肌身から鍵をはなさせられるのは女しかいねえ、とな」

手口が引き込みとなれば、当然女は住み込みの奉公人だ。その年齢を考えれば、二十五歳のお夕が色女としてはぴったりだ。

内所の台所口で張り込んでいた下っ引きの伝吉と、古手川家の小者の弥一が、お夕の身柄を拘束した。

与八郎と治助、それに数名の捕方が、三河町の真六の仕事場へ踏み込んだ。

「騒がねえでもらいてえ。真六親方、おめえさんがたに罪咎はねえんだ。用があるのは、そこの秀だ。治助、やれ」

与八郎の一声に

「秀、御用である」

と、治助は十手を額にかざした。法が発令されたことを意味するしぐさだ。治助は手早く秀の体を捕縄でひっくくった。

「おれは何もしちゃいねえ」

　秀は歯をむいた。

「和久井屋の押し込みだ。知らねえとは言わさんぞッ」

　与八郎は切れ長の目を光らせた。

「おれじゃねえ。おれがやった、という証《あかし》を見せろッ」

「おうとも、拝ませてやるぞ。おまえの八丁堀竹島町の家の床下から、五百両箱そっくりそのまま出て来ている」

　秀はあっと口を開け、くたりと体を曲げた。


「ずいぶん混み入った人間模様でしたね」

　栄吉がねぎらうように言って、治助の猪口に酒を注ぐ。

〝子の竹〟の夕暮どき、常連客はまるで我が家へでも帰るように、次つぎに足を運んで来る。店内の席はもうあらかた埋まっている。

「半助が煮えきらなかったのは、自分を襲わせたのが秀ではないか、と薄々感じていたからなんだとよ。だけど、それを言い出せなかったわけがあった。半助が弟子入りした当初、足の悪いのに引け目を感じていたら『みんなどこかしら悪いところがある。

たまたまおまえは足が悪かっただけだ。気にするな』と言ってくれた秀に、疑いをかけたくなかったからだそうだ」

「たとえその場かぎりの慰めにしろ、半助さんは嬉しかったのでしょうね」

「それから、三次がかたくなに同類の名を明かさなかったのは、せめて秀とお夕を無事に逃がしてやりたかったためだそうだ。お夕が逃げおおせれば、いずれ母親を引き取れるから、という事だ」

「それにしても、なぜすぐに江戸を売らなかったのでしょう」

人間の心理として、一刻も早くその現場から離れたくなるものだろう、と栄吉は言った。

「三次はともかく、お夕と秀が姿を消せば、夜盗はおれたちだ、と天下に公言しているようなもんだ。その気配を消すために、わざと奉公をつづけ、ほとぼりの冷めるのを待っていた、というわけさ」

「秀には半助を思いやる気持ちがあり、三次もお夕も病気の母親につくす優しさがあるのに、銭金というのは罪なものですね。それがなくては生きていけないのですから」

思わず嘆息をもらす栄吉に、

「悪い話ばかりじゃねえんだ。小町長屋の竹二さん、どうやら嫁さんが決まりそうだってよ」

　治助の声は明るかった。

「それから、水茶屋のおるいの着物ね、半助さんが無難な紋に描き替えてあげるそうだ」

「それじゃ、その件については、半助さんやっぱり泣き寝入りですか」

「いまさら訴え出ても、なぜすぐにしなかった、と叱られるのが落《おち》だからな」

「はい、これ、ほうぼうの刺身の前のつなぎです」

　お麻が皿小鉢を持って来た。

「焼き天豆《そらまめ》よ」

　皿には皮ごと焼いた天豆が山盛りになっている。

「そっちはいいが、こっちのほうはただの鰯の丸干だろ」

「いいから、食べてみてよ。ただの丸干しにゴマ油と酢と醤油をたらしただけだけど――」

　一口かじった治助が、

「うん、いける、栄さんもやってみねえ」

とすすめた。

「では天豆は私のほうの勘定に――」

「固いねえ、たまには素直にゴチになれよ」

「きっちりとけじめをつけなければ、毎晩来て呑み喰いできません」

気真面目に主張する栄吉に、

「栄さんのお勘定は、いつもきちんといただいてますから、どうぞご心配なく」

栄吉が来なくなっては、お麻にとって一大事である。

「お麻さあん」

横の飯台で、桶師の源太が声を張り上げた。半ば酔い心地のようだ。

「突き出しの丸干し、お替わりくんねえ」

すかさず、

「だめッ、付き出しは一回だけ。何てったってただなんだからね」

帳場のお初に一喝されて、

「何だと、こうなりゃ破れかぶれだッ。この店で一等高い料理を持って来いッ、ちくしょうめ」

金もないくせに喚《わめ》く源太の前に、

「はい、おっ母さんには内緒だよ」

お麻が丸干しの小鉢をそっとおいた。

源太の強気はどこへやら、嬉しそうにお麻を見上げる目が、心なし潤んでいる。

第四話　苦界《くがい》十年

一

たかが豆腐ごときに、どうして両国の先まで使いに行かなければならないの――十三歳のおさよは頬をふくらませた。

何かと人遣いの荒い雇い主に馴れたとはいえ、そぼ降る秋雨に袖を濡らす道程《みちのり》は、果てしなく遠いものに思えて、気持ちがいじけてしまう。

今夜の酒の肴に、壺屋《つぼや》の淡雪豆腐が食べたいなんて、大店のおかみさまでもあるまいに、下女《げじょ》ずれはせっせとこき使えと思っているのかもしれない。

豆腐を入れた小鍋を腕に抱え、帰りはまた浅草聖天《しょうでん》町まで半刻ほども歩かなければならない。

柳橋を抜け、御蔵前の大通りをずんずん歩き、浅草の雷門に突き当たったら右へ曲がってから馬道通りに入る。

そこでおさよは前から来る顔見知りと出会った。花売りのおこまである。

「あら、おばさん――」

声をかけられたおこまは、上目づかいでちらっとおさよを流し見てから、破れ傘で顔を隠して行きすぎた。

笑顔を見せたら損をするとばかりの、おこまの無愛想ぶりは毎度のことだから、そのすげなさはおさよにとって痛くも痒くもなかった。

聖天町の小家の戸口に〝常盤津《ときわず》、文字恒《もじつね》〟の看板が出ている。その戸口を開けて、

「ただいま戻りました」

おさよは声を張った。

お恒の返事はなく、家の中はしんと静まり返っている。

戸口を上がって左に居間兼稽古場の六畳間がある。

そこを覗いたおさよが息を呑んで腰を抜かした。

血泡を吹いたお恒が死んでいたのである。

聖天町の町役《ちょうやく》の急報で、南町奉行所定町廻り同心の古手川与八郎が、小者の弥一と手先の治助をともなって出張って来た。

「おさよという名か。泣いていてはわからん。落ち着いてこっちの問いに答えるんだ」

お恒の死が悲しいのではなく、驚きの反応が泣くという行ないに出ただけなので、同心の叱責におさよはすぐに泣きやんだ。

「使いに出されたおまえは、一刻ほど留守をしていたのだな」

上がり口の板に飛び散った豆腐が、おさよの証言が嘘でない事を物語っている。

「湯呑みが二つ出ているが、おまえさんが出かけるとき、誰か客がいたのか」

まだ火の入っていない長火鉢の猫板《ねこいた》に茶碗が一つ、畳の上に転がったのが一つ。

「いいえ、お師《し》匠さんはひとりでした」

「おまえが出たあと客が来て、その客がお恒の茶碗に毒を入れ、それを知らずに呑んだお恒が絶息した事になるようだな」

与八郎の独白に、おさよはぶるっと体を震わせた。

「このところは常盤津流行《ばやり》だな。手っ取りばやく芸を身につけようってんだろうが、身につけてどうするんだ。町を歩けば昼日中から、あっちでもこっちでもべんべん三《しゃ》味《み》の音だ。おおかた芸じゃなくて、下心《したごころ》あっての稽古じゃねえのか」

長身を折り曲げてお恒の死に顔を覗きながら、与八郎は吐き捨てた。

お恒の歳は二十三。苦悶にのけぞらした首は細く長く、一筋の皺《しわ》もない艶やかさである。

「弟子はどのくらいいるんだ？」

「あたいにはわかりません」

おさよはうなだれた。

「わかっているだけでいい。言ってみろ」

「……二十人くらいなら、お顔を見ればわかります」

「名前は――？」

「たいてい、旦那さまとか若旦那とか呼ぶので、名前を知ってるお人は少しです」

「誰と誰と誰だ？」

「ええと、岡崎屋《おかざきや》、日野屋《ひのや》、須原屋《すはらや》、永楽屋《えいらくや》、それとお武家の松井《まつい》さま……」

「稼業は――？」

「わかりません。訊いても『おまえはそんな事知らなくていいんだよ』とお師匠さんはおっしゃいます」

「旦那はいるだろう」

「さあ――」

「この家には二階があるな」

「はい、お師匠さんの寝間の六畳間です」

「そこへ泊まってゆく男がいるだろう」

常盤津の師匠の中には、春をひさぐ女もいるし、情人《いろ》の三人や四人を上手にさばく女もいる。

「あたいは知りません」

まだ世間智や観察眼の乏しい少女から、有力な情報は引き出せない。

「厄介だな」

与八郎が言うのは、こうした家に出入りする人間の数の多さと複雑な人間模様がある事だ。弟子と名乗る数十人の男女に、日々の物売りなど、一人一人洗い出してゆくには、手先たちの捜査《さぐり》に負うところが多い。

時刻は七つ下がり（五時すぎ）。

〝子の竹〟の客の入りはまだ半分ほど、店番も板場もこれからの客の大入りを期して、徐々に気合を盛り上げているところだ。

「おや、お父つぁん、お早いお帰りなのね」

「お麻、すまねえが手拭を絞ってきてくれねえか」

少し前に雨が上がったと思ったら、夏に逆戻りしたような蒸し暑さになった。肌にまつわるべとつく汗を拭おうという治助に、

「だったら、湯に行って来れば――」

お麻はすすめた。

「よせやい。こんな刻限に行ったら、垢っ臭せい湯に入らなきゃなんねえ」

板場の外にある共同の井戸で手拭を絞り、いつもの飯台に座った治助に手渡しながら、

「何か事件があったの？」

お麻は治助の顔色をうかがった。

「どうしてそう思う？」

首筋を拭きながら、治助はぶすっと言う。

「だって、もうさんざん歩き廻って、この上は一歩も足を動かしたくないって顔してるもの」

「おまえは鼻が利《き》く上に、事件と聞けば目をかがやかせて来る。困った娘よ」

「おまえさんの娘ですよ」

帳場からお初の声がかかった。

酒と肴を運んで来たお麻は、そのまま治助の脇に張り付いた。たてつづけに三つ猪口を空けてから、治助はかいつまんでお恒の一件を話して聞かせた。

「茶が出されていたのなら、顔見知りだわね」

「お恒が毒を呑んだと見抜いた古手川さまもそういう意見だった」

「音曲《おんぎよく》には縁がないけど、流行《はやり》もののようね」

常盤津は、この文政《ぶんせい》の世から八十年ほど前の延享《えんきよう》の頃、常盤津文字太夫《もじたいふ》が始めた流儀で、三味線に合わせて半ば唄い、半ば語る江戸浄瑠璃《じようるり》である。女師匠の名には、文字を冠《かん》するのが慣わしである。

「女師匠が若くて綺麗なのと、三味線がわりと扱いやすい楽器なので、どっと流行《はや》ったってことらしいや」

「お武家さままでねえ」

「そんな師匠をとって喰おうという狼のような弟子が多いそうだ」

「いろんな人が取っ替え引っ替え出入りしているんじゃ、お父つぁんの内聞きも楽ではなさそうね」

「おさよっていう小女《こおんな》が、何とも頼りなくていけねえ」

「その娘、いつから師匠のところへ――？」

「まだ、半年足らずだとさ。いずれは自分もお師匠のようになりたいので、下女働きに入ったそうだ」

「ふうん、あ、栄さんが帰って来た」

　露骨なほど、お麻は声をはずませた。

二

「カワハギのぬた膾《なます》とカレイのつみれ汁、はい、どうぞ召し上がれ」

　お麻が肴の乗った平膳を栄吉の前の飯台に置いた。

「美味そうだな。俺にはないのかい？」

　治助が栄吉に出された料理を見て、すねた振りをする。

「あっ厭だ。お父つぁんがシマアジの刺身がいい、そう言うから出したんじゃありませんか」

「うむ、あれも美味かった」

治助がにたりとしたところへ、板場の平作がそっとお麻に声をかけた。

「花売りのおこまさんが来てます」

「そう……」

お麻に目くばせされた栄吉は、静かに頷いた。

〝子の竹〟と左隣の金物問屋の間に、人ひとりが横になればやっと通れる道、というより隙間がある。

板場の戸口がそこに通じていて、ある用事のときだけおこまはそこに顔を出す。

「お忙しいときにすいませんねえ」

五尺そこそこの小さな体を縮めるようにして、おこまは頭をさげた。

おこまの年齢はまだ三十だが、一見老婆のように見えるのは、その外見のせいである。油けのない無造作に結った髪、つぎはぎだらけの衣、痩せた色黒の顔の目尻には、長い皺もある。わらじの素足が痛々しい。

「やっとできました。これを栄吉さんにお渡しください」

おこまはぼろ布で縫ったような巾着袋を差し出した。

「心得ました」

「本当なら、栄吉さんに会ってお願いしなきゃならないところですが、こんな婆ばあがお店の表口へうかがってはいけませんので――」

江戸の花売りは男と老婆が主流、むしろにくるんだ仏花を商うが、ほかにも活け花を売る料理屋や商家などの得意先を持っている。

おこまと〝子の竹〟の縁は、たまたま売れ残った花を、お麻が買ってあげた事に始まる。

そして二月《ふた》ほど前、お麻はおこまからの愚痴めいた相談に乗るはめになってしまった。それは、

『妹が新吉原《なか》で働いています。あの稼業で怖いのは、病です。そのための薬を届けてくれた人がいたのですが、事情があってできなくなりました。困りました』

遊女たちが最も恐れ、なおかつ避けられない病気があった。その性病に罹患するのは宿命であり、それによってどれほどの遊女が悲惨な人生を辿った事か。

おこまは苦界《くがい》に身を沈めた妹が哀れでならず、せめてそのいまわしい病から救おうと、どこからか薬を仕入れてくるようだ。かなり高価なものらしい。そのためにおこまは並みのけちなら尻尾を巻いて逃げ出すほどの吝嗇《りんしょく》家である。

それほどの妹思いなら、おこま自身で届ければよさそうなものだが、新吉原はそう

はいかない。

新吉原は外部からの女の出入りを厳しく制限している。大門《おおもん》の左には町奉行所の同心の詰める面番所《めんばんしょ》があって、怪しい人物に眼を光らせている。右には遊女の逃走を警戒する四郎兵衛会所《しろべえかいしょ》があり、鑑札を持たない女の足を引き止める。江戸じゅうの憧れの的《まと》であろうと、ここに女の出入りの自由はなかった。

傾城《けいせい》の住む二万坪の町といっても、三千人の遊女たちにとってはしょせん、堀と板塀に囲まれた三丁四方の牢獄にすぎないのだ。

『高価な薬なんでしょう』

『はい、一月ぶんで三分します』

『それは大変ね』

『まさかこちらの親分さんにお願いするわけにはいきませんし、安心してお願いできる知り人もおりません』

そうだ、栄吉さんがいる——お麻は膝を打った。あの人なら、美女の誘惑にも負けず、お使いだけで帰って来る。気の毒なおこま姉妹のために、一役買ってくれるはずだ。

栄吉が二つ返事でその役を引き受けたのではないが、自分に向けられたお麻の信頼に報いたいがために、是としたのだった。

新吉原は夜にかぎる。

月夜の里などと不夜城を誇るだけに、高価な蠟燭《ろうそく》を林立させて、豪華絢爛《けんらん》な夢の舞台を作り上げている。

花魁《おいらん》の厚化粧も、廓《くるわ》の暗がりでうごめく魑魅魍魎《ちみもうりょう》も、天水桶の陰で泣く女郎の涙も、蠟燭のゆらめきを以ってして、すべてを覆い隠すことができるのだ。

日本橋葦屋《あしや》町にあった吉原が、浅草寺北の郊外にある日本堤《にほんづつみ》に移転してきたのが、明暦三年（一六五六）の事である。

通称して浅草田圃《たんぼ》と呼ばれる地に約二万坪を与えられ、新吉原として絶大な人気を得た。

紀伊国屋文左衛門《きのくにやぶんざえもん》や奈良屋茂左衛門《ならやもざえもん》などの名だたる商人が、小判をばらまくなどの豪遊をして隆盛を誇ったのは江戸の初期の頃である。

やがて武士には吉原通いの禁止令が出たり、江戸のそこかしこに出現した岡場所に押され、さらに大金を落とす商人もいなくなった事で、遊里の質と内容が大きく変化した。

まず、三つの順位に分かれていた遊女の名称が『大夫《たゆう》』『格子《こうし》』『端《はし》』から、『呼出《よびだし》』『昼三《ちゆうさん》』『附廻《つけまわし》』に変わった。宝暦《ほうれき》十年（一七六〇）の事である。

最上位の呼出にはそれなりにかかるが、昼三の揚げ代（料金）は三分《さんぶ》（約七万五千円）、附廻は二分とかなり値を下げている。

昼の八つ（二時）下がり。

九月《ながつき》の紺青の空はどこまでも美しく澄みあがっている。

吉原の大門は、乳鋲《にゆうびよう》を打った黒塗りのいかめしい冠木門《かぶきもん》である。その下をくぐった栄吉の眼に、白昼の遊里は、今日も白々《しらじら》しいたたずまいを見せている。

町の中央を大門から突き当たりの水道尻《すいどうじり》まで大通りが抜けていて、ここを仲ノ町《なかのちよう》という。

夜ともなれば、両側に並ぶ引手茶屋の灯もなまめかしく、遊客やその取り巻き、花魁や芸者や若い衆などのさんざめきがうねり、見果てぬ快楽の世界が現出する。

秋の陽射しを浴びて、いま仲ノ町にいるのは行商人たちだ。青物や魚屋の市が立ち、小間物屋や花屋が往来する。文使《ふみづか》いが走る。ちらほらするのは、昼遊びに眼の色を変えている勤番侍か。

人の通りは多くとも、その人種ががらりと変わっているので、きっと夜の本舞台を控えた楽屋裏のありように似ているのではないか、そう栄吉は思う。

仲ノ町の半ば、三本目の横道を左に曲がる。そこが角町《すみちょう》だ。

まだ灯の入っていないたそや行灯（屋根型の屋外用照明）も興ざめふうに、栄吉は半籬《はんまがき》の格子を覗きこんだ。

ここ〝桔梗屋《ききょうや》〟は中見世《ちゅうみせ》の妓楼である。昼見世《ひるみせ》は八つ（二時）から七つ（四時）までだが、閑《ひま》なので格子女郎たちも文を読んだり、易者に手相を見てもらったりしている。

女郎の一人と目が合った。長煙管をくゆらせていた小鶴《こづる》は、片方の唇を吊り上げるようにして、細く煙を吐き出した。

「これは、これは……」

格子横にある牛台《ぎゅうだい》にいた牛太郎《ぎゅうたろう》が、すり寄って来て、

「さあさ、どうぞ、花魁がお待ちかねでございます」

愛想笑いに揉み手までして出迎える。

栄吉がおこまの使いでここに来るのは、今日で二度目だから、牛太郎は客の顔を憶えていたのだ。

たとえ月に一度の登楼客でも、馴染《なじ》みの顔を記憶し、敵娼《あいかた》も違《たが》えない牛太郎の商売

っ気は筋金入りだ。

小鶴は附廻《つけまわし》と呼ばれる揚げ代が二分の遊女であった。

小鶴は十五歳で新吉原に来た。十年年季五十両で売られたのだ。禿《かむろ》の経験がないので、留袖新造《とめそでしんぞ》（姉女郎に付属する若い遊女）として廓の諸事を覚え、十七歳で正式に遊女となった。

小柄な体ながら、若さと寂しげな美貌が人気を得て、一時は現在より一段格上の呼び出し昼三を勤めていたこともある。

単純に考えれば、三年後の二十五歳で年季が明ける。遊廓の勤めを苦界十年というのは、遊女の年季は十年を超えてはならないと定められているからだが、なかなかそうはいかない。追い借り追い借りで、借金は少しも減らないから、二十八歳の年季明けを待たねばならない。

小鶴に手を引かれ、栄吉は戸口に入った。すかさず、遣り手《やて》の大げさな声が迎える。

妓楼の一階はすべて日常の生活の場で、客部屋は二階になる。土間からの大階段を上がって、小鶴の部屋に入る。八畳の部屋のつづきが、夜具を敷いた六畳の座敷になっている。

栄吉は花代として二分置いた。遣り手や若い衆たちの祝儀《しゅうぎ》もそれなりにはずむことなる。

「しばらくでありんすなぁ」

小鶴は真紅の唇を鈍く光らせて、栄吉に小さく笑みかけた。

髪は根の高い島田に結って、鼈甲《べっこう》の簪《かんざし》や櫛《くし》や笄《こうがい》を何本も飾っていて、見るからに重たげだ。

刺繍のほどこされた打掛《うちかけ》や、緋《ひ》絞《しぼ》り縮緬《ちりめん》の間着《あい》や、前結びにした羅紗《らしゃ》の帯など、いかにも異界の装いである。

廊下で声がした。

二階番の若い衆が台の物を運んで来たのだ。

遊女の食事はいたって粗末なものだった。まかない飯は二食とも一汁一菜。したがって客が取り寄せてくれる台の物は、何よりのご馳走なのだ。

「姉《あね》さんは達者でござんしょうね」

「ええ、ご心配はいりませんよ」

栄吉は懐から袱紗《ふくさ》包みを取り出した。中におこまから預かった薬包とおこまから妹に宛てた手紙が入っている。一月《ひとつき》ぶんの三十包は、散薬をたたんだ小さなものだから、反古《ほご》紙にくるまれたそれは、片手に乗るほどの量である。

小鶴はそれを押しいただいてから、

「今日は床をつけてくだしゃんせ」

遊女の顔になって言った。

「いや、いいんだ」

「でも、花代をいただいてありんす」

「それはおこまさんが出しているのですから、あなたが気兼ねなさる事はありません」

「わちきを嫌《きら》いでありんすか？」

「好きも嫌いもありませんよ、わたしはお使いだからね」

小鶴は不思議な生き物を見るように、栄吉を見た。

栄吉はお麻に対して清潔な男であろう、と心に決めているのだが、小鶴にとっては、操《みさお》を立てるという言葉すら、知識にはない生活をしてきたのだろう。遊女に手を差しのべられて、それを振り払う男が、この世にいるとは思えない、そういった表情を改めてから、

「これを姉さんにお願いしとうござんす」

おこまへの手紙を栄吉は託された。

「では、せめて大門まで送らせてくだしゃんせ」

　小鶴は丁寧に頭をさげた。

　帰りしな、桔梗屋の戸口で、粋筋《いきすじ》と見える女とすれちがった。歳は二十五、六、眉《まゆ》のきりりとした切れ長の目の妖艶な女だ。

　何気なく足を止めた栄吉の背後に、女同士のやり取りを聞いた。

「女将《おかみ》さん、昨晩はありがとうございました。またよろしくお願い申します」

「秀奴《ひでやっこ》姐さん、おまえさんあんまり客にじゃれついちゃ困るじゃないか」

「あれ、そんな事、あたしゃ存じませんよ」

「差し置かれた花魁の立つ瀬がないじゃないか。芸者なら芸者らしく、芸で客を楽しませるもんだよ」

「申し訳ございません。今後気をつけます」

　色と欲の渦巻く特殊な世界なら、さして珍しくもない悶着《もんちゃく》だろう、と栄吉は歩き出した。

三

藤袴《ふじばかま》
女郎花《おみなえし》
紫苑《しおん》
白菊　黄菊

香りも花形もつつましい秋の草花の一抱えを、お麻はおこまから買い取った。

「いつも売れ残りを引き取っていただいて、こんなにありがたい事はありません」

〝子の竹〟の前を通りかかったおこまを、お麻が呼び止めたのだ。朝飯どきをすぎて、店内はがらんとする刻限である。

おこまの風体はいつもとかわらない。小柄で貧相な体つきは夏でもひんやりとした肌をしていそうだし、一年じゅうつぎはぎだらけの木綿に、すり切れた細帯姿がすっかり板についている。

たまには顔を洗う事もあるのだろうが、いつも埃《ほこり》にまみれたようにくすんでいる。どこから見ても婆さんと呼ぶにふさわしい。ただし、ひっつめにしてうしろで一つに束ねた黒い髪がたっぷりしていて、そこだけに秘《ひめ》やかな三十女が息づいているようである。

「お花残ったらいつでも引き受けるわよ。わたしどんな花でも、花には力があると思うのよ。つまり人を優しい心にする力ね」

おこまが花を持ってくるようになると、店内の柱のいくつかに、太竹の花筒をかけるようになった。美味いものを提供はしていても、〝子の竹〟は色気に欠ける。威勢のいいお初に、口説くには手強そうなお麻だけのそんな店内が、おこまの花でふわりとやわらぐのだ。

「あの、お水をいっぱいいただけませんかねえ」

戸口の横に置かれた縁台に腰をかけたおこまが上目づかいになる。

茶碗に入れた水を持って、お麻もおこまの隣に腰をおろした。おこまは湯呑みの水を一気に流しこむ。よほど喉が渇いていたらしい。

「いいお天気ねぇ」

青一色の空を見上げてお麻が呟《つぶや》く。

「いいですかね、わたしゃ恐ろしい。あんなに何もない空なんて、ただ恐ろしい。わたしが死んだら、わたしの魂はあの果てのない青空に吸いこまれていくんだろうね、一人ぼっちでさ。だったらこの世がたとえ地獄でも、やっぱり生きているほうがましってもんだ」

「おこまさんは強いのね、強い気持ちで生きているのだと思う」

「上野《こうずけ》には親父と兄弟がいるけど、みんなお荷物だ。重くて邪魔なお荷物。甲斐性なしの父親に、ろくでなしの兄弟、女郎に売られた妹。でも捨てられないのさ。どんなに憎み嫌っても捨てられない」

がんじがらめの血脈を支えようとするおこまの強さだろう。

そんなおこまにお麻はひそかな綽名《あだな》をつけた。

——いただけますか、大明神。

それいただけますか、というのがおこまの口癖である。癖というより、どんな物でも貰おうという信念だ。

お麻が不用品を捨てようとすれば、

——それいただけますか。

と、小枝一本、反古《ほご》紙一枚、みかんの皮まで持っていく。

垣根からはみ出した柿の実があれば——いただけますか、と家主に断わるそうだ。

本人にすれば、盗むわけでもないし、袖乞《そでご》いするのでもないから、堂々としている。

あまりに粗末な身装を見かねて、着古した小袖と帯を差し出したが、おこまはいっこうに着てこない。お麻の問いに、

『もったいないからしまってあります』

と答え、相変わらずつぎはぎ姿だ。つぎはぎは、布と布が重なるので、冬はけっこう暖かいのだという。

栄吉が、新吉原の小鶴の許《もと》に薬を届ける役目を引き受けた理由の一つに、おこまの吝嗇がある。

『冬でも湯屋へは三日に一度しか行きません。夏は水風呂。三尺四方の土間に子桶を置くだけだから、風呂というよりぼろ手拭でびしゃびしゃやるくらい。飯は腹八分目。一回くらい抜いたってどうって事もありません。外で招ばれれば遠慮はいたしません。くださるものなら、どんなものでもいただいて帰ります』

と、おこまは自分の人生観の弁舌をふるう。

長屋の腰高障子が破れても、風通しがいいから息つぎがせいせいする、と強弁する。寒風が吹きこんでも、手頃な紙片がどこかで貰えるまでの我慢など、何ほどの事もない。

一事が万事、舌を出すのも惜しい。火もあげないという吝《けち》ぶりは、ひとえに小鶴の

ためである。

家族の犠牲となった妹への悲痛でひたすらな詫《わ》びが、おこまの総《すべ》てなのだ。姉としてできる事は、妹に無事な年季明けを迎えさせる事だ。投げこみ寺へ葬られる数知れぬ女郎と、同じ運命にしてはならぬと、つぶった目がぐらりと晦《くら》むほど、おこまは全身全霊で祈るのだ。

念願の成就のために、おこまは死にもの狂いで銭金を貯めている。

小鶴の揚げ代の二分、薬代の三分。それに祝儀代のなにがし。一月《ひとつき》に一両二分ほどの入費をおこまは掻き集めなければならないのだ。

花売り稼業の儲けだけでは遠く及ばないので、夕方からは居酒屋の下働きという二足の草鞋《わらじ》でも、不足しがちである。

——おこまの吝嗇ぶりに感動した、という栄吉は、

『なかでの入費はどれほどかかりましょうか』

とおこまに問われて、

『一分』

と答えている。

揚げ代の残りの一分と、台の物の料金や若い衆たちへの心づけは、おこまへ同情し

た栄吉の懐金から出しているのは、お麻にも内緒だ。

「お麻さんの父っつぁまは、町方の親分さんなんだね」

お麻に向けるおこまの目には、思いつめたような色があった。

「何かお父つぁんに相談事でもあるの？」

「……この前、浅草の聖天町で文字恒っていう常盤津の師匠が殺されたでしょ」

「それで、お父つぁんたちは江戸じゅうを走り廻って、聞き込みに大忙しだって言ってるわ」

文字恒の家に出入りしていた人間を一人一人洗い出しているのだが、その全員の身《み》許《もと》はまだ不分明のようだ。

「じつはね、わたしもあの師匠とは知り合いなのさ」

「お花を売りに行ってたの？」

「それもあるけど、わたし、あの人に金を貸してたのよ」

「おこまさん、あんた金貸しやってたの？　それでわかったわ。並の働きであれだけの金は作れないものね」

「金貸しといっても、元手はわずかなものよ。長屋のおかみさん相手に、百文二百文の烏金《からすがね》がほとんどなんだけど、文字恒さんのところは時貸しをしていたの」

烏金というのは翌日返済である。時貸しは三十日を期限にするのである。金利はさまざまだが、公定歩合の一割五分からするとかなり高利になる。だがおこまのは元金が小額だから、さほどにはならない。それでも薬代の足しには大いに役立っているのだ。

「その事で困った模様にならないといいのだけど」

「まだお取調べは受けていないけど、そうなったらどうしましょう」

「おこまさんが、文字恒殺しに関わりがあると――?」

「いいえ、わたしはそんな大それた事はいたしておりませんよ」

おこまは肉の薄い肩をぶるるっと震わせた。

「信じますよ」

「お麻さん、親分さんはいつ頃お戻りですかね」

「暗くなれば戻って来ますよ」

夜間の張り込みと捕り物がなければ夕方には戻るのだ。

「それではあとで出直して参ります」

眦《まなじり》を決した表情で、おこまは立ち上がった。

四

掛け行灯と置き看板に火が入れば〝子の竹〟の店内は活気づいてくる。十二坪の客席はほぼ埋まり、お初の威勢のよい声が飛び交い、酒と肴の美味そうな匂いが充満している。

まだ文字恒殺しの一件の埒は明かず、聞き込みで足を棒にした治助が帰って来た。さすがに疲労の色は隠せない。

お麻が運んで来た熱い酒をぐいと呷り、

「五臓六腑に沁み渡る、とはまさにこの事だな」

いかにも全身の筋肉がほぐれたように、治助はほうと太息をついた。

「お疲れのところだけど、花売りのおこまさんがお父つぁんに聞いてもらいたい用があるそうなの」

そのおこまの席もお麻は一つ空けておいた。

「おや、栄さん、お帰り」

我が家に戻って来た息子を迎えるような、お初の声がした。

きりっと背筋を伸ばした栄吉が歩いて来て、

「町のどこもかしこも、何となく浮かれていますね」

と、笑いながら治助の横に腰を下ろした。

「今年は神田の本祭りだからね。あちこちに神田明神の大幟《おおのぼり》が上がっているし、気の早《はや》え男たちはもう法被《はっぴ》を着こんでいるよ」

治助にとっては祭りどころではないのだ。お恒殺しの下手人の見当すらつかず、与八郎から気合を入れられる毎日である。

店内の賑わいも最高潮になったとき、

「お麻、おこまさんが店先を行ったり来たりしている。きっと入りそびれているんだろうから、呼んで来ておやり」

帳場のお初から声がかかった。

おこまはいつものつぎはぎではなく、お麻があげた着物と帯の、見ちがえるほどきちんとした姿は、本当の年齢にふさわしい若さを見せている。

「遅くなりまして――」

照れたように、おこまはほつれ髪を掻き揚げた。

「親分さん、お手数をおかけして申し訳ありません」

治助の前に座らされて、おこまは身を固くした。

「お麻から聞いたが、おまえさん、殺されたお恒と知り合いだそうだな」

すでに徳利を三本空けている治助だが、酔いの気振りさえ見せなかった。

「はい、花を買っていただくうちに、少々、銭の融通をするようになりました」

「常盤津の師匠が銭金に困っていたのか」

治助の声は、手先としての厳しい調子を帯びていたが、客たちの笑い声やさんざめきに消され、周囲には気づかれない。

「さいでしょうね。貸すのはせいぜい二分とか三分、多くても一両といったところでございます」

「毎回、きちんと返済されていたのか？」

「まあ、大体のところは——でもあの日——」

「あの日とは、お恒が殺された日という事かな」

「はい。前の月末《つきずえ》に返してもらうはずの二分と利の三百文がまだでしたので、あの日聖天町の家に行ったのです」

「何刻だ？」

「午《ひる》少し前でした」

「戸口で何度も声をかけたけど、返事がありません。仕方がないのでそのまま帰りました。その戻りの馬道通りで、おさよちゃんに会いましたけど、わたし中腹だったので、そっぽを向いてしまいました」

馬道通りを入れば、聖天町は目と鼻の先である。するとおこまが訪ねたとき、お恒はすでに死んでいた事になる。

さらにおさよの口からおこまの名は出ていない。おこまなど物の数に入っていなかったのか、動転した少女の思考は萎縮したままで、肝心な物は洩れているかもしれない。

「それでおまえさん、このわたしに何を言いたいのだね」

「わたしはお恒さん殺しにも関わっておりません。そこのところをどうぞおわかりいただきたくて、こうして参りました」

おこまはひたむきな目の色で、訴えた。

「しかしなあ、金が絡んでいるとなれば、おまえさん怪しまれても仕方あるめえ。人を殺すのは大方《おおかた》色か金と相場は決まってる」

「そうであっても、わたしではありません。こうして名乗り出たのも、親分さんに助けていただきたいからです。もしわたしがお上の詮議を受けて牢屋に入れられたら、誰が妹の薬代を都合するのです。わたしが娑婆《しゃば》にいてこそ、それが叶うのでございます」

抜き差しならぬ自分であるからこそ、こうして治助の温情にすがって来たおこまである。ましてやわずかな金のために、自分や小鶴の身まで滅亡させるほど愚かではない、おこまはそう叫びたかった。

おこまの証言は信じるに足るかもしれない、と治助はその思いを胸の底に納めながら、

「お恒はなぜ、金に困っていたと思うか」

やはりそこにこだわった。

「そうですねえ」

と、おこまは遠くに目をやりながら、何かを探り当てたようだ。

「以前、お恒さんからちらと聞いた事があるんです。二丁町《にちょうまち》にいい役者がいるのよねえ。と」

「その役者に入れ揚げていたのか、何という役者だ」

「聞いておりません、お恒さんは言ってから、はっとしたように口を押さえましたから」

調べてみる価値はある、と治助はきらっと目を光らせた。

「話は済んだ？」

お麻が寄って来た。

「まあな」

差し当たって、今夜のところはここまでだ、と治助はお麻に頷いた。

「おこまさん、夕ご飯まだだったら、食べて行ってくださいな。厭だ、もちろんお代はいただきませんよ」

「はい、いただきます。美味しいと評判の〝子の竹〟さんのお料理をいただけるなんて、一生に一度の事です。冥土《めいど》の土産《みやげ》になります」

おこまは唇をかすかに震わせて、喜びを表わした。

「まだ若いのに大げさだなあ」

栄吉が明るい笑い声を上げた。

お恒が入れ揚げていた役者は誰なのか。それを知り得るのは、一番身近にいたおさよが有力だ。

治助は聖天町の家の差配を訪れた。差配の話では、おさよは、同じ常盤津の師匠の文字蝶《ちょう》のところへ下女働きに入った、ということだった。

その文字蝶の家は、浅草三好《みよし》町代地にあって、路地に入ると、三味の音と錆《さび》を浮かせた唄声が流れてくる。

～信濃路に、其名も高き戸隠《とがくし》の、山も時雨《しぐれ》に染めなして、錦彩《にしきいろ》どる夕紅葉《もみじ》～

お恒の家と似たり寄ったりの造りの家の戸口で、

「ごめんよ」

治助は声を張り上げ、

「はあい、あら、親分さん」

出て来たおさよが目を丸くした。

「おまえにどうしても訊きてえ事があってな。いいか、よく考えて答えるんだぞ」

「はい」

おさよは身を固くした。

「死んだ文字恒は、町の芝居に行っていたようだな」

「はい、月に一度か二度だと思います」

「贔屓《ひいき》の役者は誰だね」

「ええと……」

「思い出せよ」

「ええと……あ、沢田雪之介《さわだゆきのすけ》という役者さんです」

「まちがいねえか」

「はい、お師匠さんの使いで、堺《さかい》町の中村座に出ているそのお人のところへ行った事がありますから」

「どんな用でだ？」

「水菓子の差し入れを届けたのです」

役者買いにしてはみみっちい祝儀だ、と治助はなぜか侘《わび》しくなった。

「あのう……」

「よし、いい娘《こ》だ、ありがとよ」

治助はその足で二丁町へ向かった。

江戸っ子にとっての芝居見物は、大きな楽しみの一つである。長屋住まいの女房でも、年に一度はなけなしの銭を奮発して、小屋に足を運ぶのだ。それも朝八ツ半（三時）に起きて髪を結い、七ツ半（五時）には、少しでもいい席を取ろうと小屋に並ぶのである。

七月八月は大体興行が休みで、九月はその年の最後の興行となるので、客席は大入り満員の賑わいとなる。

治助は小屋の裏側に廻り、下働きの男をつかまえて、

「沢田雪之介という役者に、手が空いたらちょいと顔を出すように言ってくれ」

十手をちらつかせて言った。

へえ、と下働きは恐れ入ったふうだったが、雪之介はなかなか姿を見せず、結局、一部と二部の幕間まで、待たされる羽目になった。

「わたしが沢田雪之介でございます」

三十くらいの男だった。武家の従者のような扮装のままで、頰はふっくらしているが目つきに険《けん》がある。

「おめえさん、文字恒ってえ常盤津の師匠を知ってるだろう」

「はい、存じております」

「あの女、殺されたよ」

「えッ！」

息を吞み、及び腰になる。

「おめえさんとあの女はどういう仲だね」

「仲などと勘繰られるほどの因縁はございません。ごらんのとおり、わたしは名題下の下っ端役者でございます。立者や人気役者のような、大層なご贔屓など無縁でございます。それでも文字恒さんのように、心ばかりのご祝儀をつけてくださるご贔屓も、多少ながらおいでございます」

「二人っきりで会う事もあるんだろう？」

「芝居茶屋を通しての桟敷席《さじきせき》のお客さまには、芝居が跳《は》ねたあと、茶屋の座敷へご挨拶に伺いますが、わたし程度の役者はお呼びじゃございません。むろんお顔を見せてくだされば、ご挨拶をいたしますし、都合によっては軽くご酒《しゅ》などいただく事もございます」

「で、文字恒とはどうなんだい？」

「はい、何度か、この近くの料理茶屋でご酒のお相伴《しょうばん》をいたしております」

雪之介は、降りかかった、身に憶えのない災難に辟易《へきえき》している様子だった。

「表向きはそうだろうが、男と女の仲はどう転ぶかわかったもんじゃねえからな」

「めっそうもない。わたしと文字恒さんはそんな仲ではありません」

「文字恒が殺されたのは、今月の三日の昼日中だ。おめえ、そのとき何をしていた？」

「この秋興行が始まったばかりで、端役《はやく》とはいえ、一日じゅう舞台にしばられております ので、小屋を抜け出す事はできません」

雪之介の必死の抗弁は、小屋の関係者たちの証言でまちがいないものと証明された。

五

「おッ　場ちがいなのがやって来たぞ」

宵の〝子の竹〟の店内がちょっとざわついた。

表戸口からまろび入るような足どりでやって来て、並み居る客たちを驚かしたのは、おこまだった。

いつもながらのつぎはぎの粗末この上ない身装だから、袖乞《そでご》いとまちがえられても無理はない。

「どうなすったの？」

花売りの風体なら、きまって裏口を使うおこまであったのに、その気遣いをする余裕もなさそうなおこまに、お麻は不審を抱いた。

を座らせた。

「お麻さん、助けておくんなさい」

その声はおろおろと狼狽《うろた》え、目は上ずり、かくかくと膝を鳴らしている。

客たちが向ける厭《いと》わしげな視線を無視して、お麻は治助が座るはずの席に、おこま
差し出した湯呑みの水も目に入らぬらしく、

「妹が、小鶴がお役人にしょっ引かれたっていうんです」

おこまは金切り声を上げた。

「なぜ、いったいどうして引かれたの？」

「新吉原《なか》から使いが来て、桔梗屋の内儀《おかみ》さんが死になすったそうで――」

「亡くなられたの」

「それがただの死に方じゃなくて、殺されたっていうんです」

「いつの事？」

「昨日の十五日」

「まさかその下手人が……」

「妹だっていうんです。妹は郭の内儀を殺した咎《とが》で捕まったそうなんです。あの娘は
そんなだいそれた事なんぞ、決してできません。きっと何かのまちがいだ。どうか、

どうか妹を助けておくんなさい」

半狂乱のおこまを落ち着かせようと、なだめているお麻に、

「何かあったのか」

帰って来た治助が声をかけた。

「この人の妹が、人殺しの咎で捕まったんだそうよ」

「よし、詳しく話してみろ」

治助は隣に腰を下ろした。

「親分さん、どうかお力を貸してください」

「できる事なら力だって銭だって貸してあげるから、わかるように話してごらん」

「妹が内儀の湯呑みに毒を入れた、それを見た者がいるんだそうで――」

「どんな毒だ？」

治助はついと遠くを見た。

そうだ、毒で死んだ女がいた。あれは常盤津師匠の文字恒で、毒は石見《いわみ》銀山の砒石《ひせき》（砒素《ひそ》の入った石）で製した殺鼠剤《さつそざい》とわかっている。しかし、その下手人はまだ捕まっていない。それどころか、文字恒がなぜ殺されたのか、誰の犯行なのかも判明していないのだ。

「どんな毒かは聞いていません。でも薬包をほどいて中身を湯呑みに入れたのを見た、って――」

「仮にそうだとして、妹はどこからその毒を手に入れたんだ？　郭内にいて毒を入手するのは難しいだろう。となれば、誰かに頼まなければならない」

「お父つぁん、栄さんが疑われるッ」

おこまに頼まれた薬を、栄吉が小鶴に届けていたのを知る人物がいるかもしれない。そうなれば、栄吉にとばっちりがかかるのは必定だ。お麻は震えた。

「大変だ。お父つぁん」

「小鶴に内儀を殺す理由があったのか？」

「あの中の事は、わたしごときに知りようがありません」

もどかしげにおこまは薄い唇を噛んだ。

「で、毒を入れたのを見た、というのは誰なんだ」

「それもわかりません」

「お役所はどっちだね」

「中のお番所から、南町奉行所へ連れて行かれたそうです」

南町なら、治助が手先を勤める古手川与八郎同心がいる。その伝手《つて》をたぐって、事件《こと》の内部に切りこんで行けるかもしれない。

「できるかぎり真相をつきとめてみせるから、おまえさんも気をしっかり持っていなさい」

治助のいたわりにも、骨柄の乏しいおこまの体はさらにしぼみ、立ち上がる気力も失っているようだった。


翌朝、治助は八丁堀の古手川の屋敷へ行った。

三十俵二人扶持の同心に与えられた宅地は百坪あり、役目柄の余得として付届けも多く、じっさいには百石ほどの実入りもあって、家計は内福なのだ。

治助の顔を見るなり、

「何でえ、ずいぶんと早《はえ》えお出ましじゃねえか」

いささか呆れ顔になった。

朝風呂から戻ったばかりの与八郎は、居間で、毎朝やって来る廻り髪結いに頭をまかせているところだった。

庭の片隅に植えてあるドウダンツツジが色づきはじめていて、ああ、そういう季節なのだ、と縁側からながめているうちに、与八郎の八丁堀銀杏《いちょう》が結い上がった。

手ばしこく道具をまとめた髪結いが帰ると、治助は小鶴の一件を話した。

「それをおれに調べろ、って言うのか」

与八郎は渋いような、こそばゆいような顔になった。

定廻り同心は、新吉原を見廻る役を定期的にこなす。それがきっかけで、与八郎はある見世の遊女に深く思い入れをした経験がある。引手茶屋を通さなくとも登楼できる小見世の遊女だった。

治助は、栄吉に嫌疑がかかる事態は何としてでも防ぎたかった。お麻と栄吉には、晴れやかな将来があるはずだ。その二人の幸せを守るのは父親としての務めなのだ。与八郎が、遊女を相手に男の情熱をほとばしらせた実情を、治助はひそかに耳にしていた。

手先ごときが、自分の意向を頼み入るのは僭越《せんえつ》と心得ながら、与八郎に動いてもらうのが最良の策だ。昨夜、寝もやらず考えた結論であった。

怒声が飛んで来る、と覚悟していた治助に、

「よかろう、久しぶりに白粉《おしろい》っ臭せえ女を拝みに行くのも一興だ」

拍子抜けするほど、あっさりと与八郎は話に乗ってくれた。

「ありがとうございます」

「ただし、ウチのには内緒だぜ」

与八郎は、そっと小指を立てて見せた。

六

夜見世の始まった新吉原は、ぞめきの客や地廻りたちが大勢くりこんで、ことさらの賑わいである。

景気づけに掻き鳴らす見世清掻《みせすがかき》の音色に誘《いざ》なわれて、男たちの血がいっきに熱くなる。

角町《すみちよう》の横道へ曲がった与八郎は、張《はり》見世の格子《こうし》を覗く客たちの間を縫った。八丁堀銀杏の頭はそのままでも、着流しに紺色の羽織、腰には短刀と、見ようによっては隠れ遊びの侍ともとれる風体だ。

たそや行灯《あんどん》の明かりが模糊《もこ》とした火の色を連ねる先に、〝鳴滝屋《なるたきや》〟がある。〝桔梗屋〟の斜向《はす》かいである。その〝桔梗屋〟の見世先だけが、ぽっかりと暗いのは、戸を閉めているからである。

まだ早い時刻のせいか、格子の間には遊女の顔がそろっている。二列三列と並び座り、一番うしろの列で煙草盆を前にしているのが、この見世で最も格上の遊女である。その三人いる中央の遊女が、ふと視線を送った先の与八郎に気づき、小さく口を開けた。

久しぶりに見る遊女笹紫《ささむらさき》に向かって、与八郎はかすかに頷き返した。

牛太郎が近寄って来た。

「あの女だ」

与八郎に指差された笹紫が、片膝立ちに腰を浮かす。

「へい、お待さま、さすがお目が高い」

与八郎が通いつめた頃の牛太郎ではないせいで、初回の客と思ったようだ。

戸口をくぐり、階段の下で待ちかまえる番頭に脇差を預け、二階へ上がる。

決まりどおりに、台の物を取ったり、祝儀を渡したり、ひととおりの儀式めいた事をする間、笹紫はほとんど口をきかなかった。懐かしさに身を震わせているのではなく、むしろ冷淡なほど、すまし返っている。

与八郎の胸の内も静かだった。遊女相手にあれほど胸をときめかしたのは、いっときの熱病だったようだ。

遣手《やりて》がいなくなると、

「どういう風の吹き廻しでありんしょう」

　感情のこもらない笹紫の声である。客と遊女という立場のちがいが、とことん身に染みついて、女としての情感を失い、それゆえに得たある種の落ち着きを感じさせた。それだけの年月が経った、という事実に、与八郎の胸は小さく痛んだ。

「難しい用向きでありんすか」

　与八朗が町方の役人であるのを思い出したように、笹紫は切り出した。

「察しのいいのは変わらんな」

「郭に来るお客の望みは、たった一つ。なれどいまのあなたさまは、別のお顔をしておられる。遊女の体など眼中にないように見えますする」

　初めて笹紫は寂しげな目の色になった、おそらく遊女を抱きに来た客には、絶対に見せない表情だろう。

「うむ、〝桔梗屋〟の一件だ。何か知ってはいないか」

「さて、何もありんせん」

「たしか女房はお米《よね》という名だったな。亭主は寿一郎《じゆいちろう》。夫婦仲はどうだった？」

「悪いという噂は聞こえていませんが、内儀《おかみ》のお米さんは、たいそうな焼餅焼きだそうでありんす」

籠の鳥でも長く遊郭《くるわ》に住めば、もろもろの噂や情報が耳に入るのだろう。

「それでごたごた揉める事はなかったかい」

「焼餅で揉めていたのでは、こんな稼業はやれませんなあ」

「下手人とされている小鶴を知っているかい」

「あい、近くですからね」

「小鶴がお米を殺す理由《わけ》がわからんのだが」

「わちきも小鶴さんではないような気がしてなりんせん」

「ほう、なぜだ」

「だって、内儀さんを殺して何の得がありんすか。お米さんがいようといまいと、ここが女の地獄である事に変わりありませんし、二十八になれば年季は明けます。小鶴さんだって、きっとその日を待ち侘びているはずでありんしょう」

「下手人はほかにいる？」

「それが誰だか、わちきにはわかりません」

「まだ、桔梗屋は客を揚げていないが、亭主はどうしているのかな」

「さあ、お上《かみ》のお許しが出るまで、向島《むこうじま》の寮においでのようです」

「待てよ、女房が焼くというのは、亭主に女がいるという事ではないか」

「あい、お妾さんがいると聞いた事がありんす。きっと外に囲っているのでありんしょう」

「妾か――」

どうやらきな臭くなってきた。これで笹紫を尋ねた意味が生きてくる。あとは治助の出番だ。

「あなたさまは、このままお帰りになるのでありんしょうね」

遊女も遊女なりの面子《メンツ》がある。花代を払って上がっておきながら、床をつけないというのは、女として見捨てられたに等しいのだから。

「達者で暮らせよ」

それが決別の言葉だ、と笹紫は無感動に受け止めていた。

南町奉行所は数寄屋橋門内にある。

古手川与八郎は、吟味方与力御子柴伊織を与力番所へ訪ねた。

「お願いの儀がございまする」

与八郎は与力の前に両手をつかえた。

「申してみい」

伊織の歳は三十を出たばかり。見るからに健康そうな桜色の頰をしている。よく響く声はいかにも陽性だが、吟味になると一変して鬼もひしぐと言われている。

「遊女小鶴の吟味はいかが相なりましょうや」

「あれはおれの当番だが、いかに迫ろうとも、いっかな自白せぬしぶとい女だ。それがいかがいたした」

「あれが下手人とするには、いまだ得心しかねるところがございます」

「真相はほかにあると申すか」

「小鶴が毒を入れたのを見た、と申したのは、桔梗屋に飼われている禿《かむろ》でしたな」

「うむ、丸《まる》という九歳の子供だ」

禿は幼児のときに買われて来る。将来は呼び出しの遊女となるべく、厳しく仕付けられている。先輩の遊女について、遊女の何たるか、客あしらいの全てを覚えていくのである。

それだけに町屋育ちの九歳とは、性根《しょうね》の質がちがっている。禿にとって雇主は絶対の支配者であり、反抗など思いもよらぬ存在なのだ。

「沙汰を延ばせますか」

「延ばせても、あと一両日だな。このうえ審議をつくしても埒が明かなければ、痛め吟味もいたしかたあるまい」

女囚に対する拷問もある。

「殺されたお米に関わる内聞《ないきき》（聞き込み）を急がせましょう」

「一刻の猶予もないと思え」

刑が決まれば、死刑は即日執行されるのだ。


治助は再び堺町の中村座へ向かった。

桔梗屋のお米を殺した毒が、やはり石見銀山猫入らずであった、と与八郎から聞かされ、文字恒と同じ手口であるのが気になって、それへの拘泥《こだわり》が脳裡から離れなくなってしまったのだ。しかし、お米とお恒がどう繋がるのか。

今度は要領よく、幕間の刻限を見はからっている。

「親分さん、わたしは文字恒さんの死には何の関わりもございませんよ。それなのにこうたびたび来られたんじゃ、ほかの人たちに合わせる顔がなくなります」

沢田雪之介は、治助の顔を見るなり、憤懣《ふんまん》やる方ないといった表情をあからさまにして見せた。

「おまえさんを疑っているんじゃねえんだ。文字恒について、何か思い出しちゃくれねえか」

「どんな事です？」

「ああいう稼業だ、何人も旦那や情人《いろ》がいたっておかしかねえ。そこんところよ」

「たとえ下っ端でも、あたしゃ役者でございますよ。その役者を贔屓《ひいき》になさるお方が、ご自分の色ごとや男さんの事を喋るとお思いですか」

切れ上がった剣《けん》のある目で、雪之介は治助を見下すようにした。

「そりゃおまえさんの言うとおりだ。だが女ってえやつは、甘えた相手にはついぽろりと愚痴なんざこぼしたりしねえか」

「おや親分さん、案外、隅におけない事をおっしゃる」

「いくら朴念仁《ぼくねんじん》のおれだって、それくらいわからあな」

ほほほほ、という雪之介は女のような笑い声を立てた。

「愚痴というより、文字恒さんは女の見栄《みえ》を言ったのだと思いますよ」

「そうか、男に持ててたまらない、とでも話したか」

「その中でも、妓楼の旦那でしつこいのがいるって、自慢たらしく喋っていましたっけ」

「妓楼といえば新吉原か？」

「そこの桔梗屋の主人だそうですよ」

治助は飛び上がりそうになった。久しぶりに胸が早鐘《はやがね》を打っている。

これで三人の人間の鎖が繋がった。

桔梗屋の寿一郎とお米、それに文字恒の三人だが、治助の思考の動きが、ここではたと止まってしまったのだ。

この人間関係で事件を組み立てるとすれば、寿一郎がお米とお恒を殺した事にならないか、それも女房と情婦とおぼしき女を殺す理由が、寿一郎にあるのだろうか。

さらには、禿が下手人として挙げているのは、小鶴である。その女が小鶴かどうかはともかく、少なくとも男ではなく、女だと言っているのだ。

もっとも、寿一郎がほかの女を使う、という手はある。それは桔梗屋の遊女かもしれないし、お米の湯呑みまで近づいても怪しまれない女だ。

七

葉を落とした桜の裸樹の向こうに、夜空を白く明らませているのは、新吉原と浅草界隈の灯《あか》りである。

大川に近い向島の寺島村に、〝桔梗屋〟の寮がある。治助がこの寮に張り込んで、今夜が二日目である。下っ引きの伝吉と交代しながらの見張りで、寿一郎の動向を探ろうとしているのだが、これまでの間、寿一郎は寮から姿を見せなかった。

暮六つ前に治助は伝吉を帰し、寮の戸口が見渡せる畦道《あぜみち》に身をひそめている。

向島は対岸の浅草方面とちがって、暗くなるのが早い。広大な田地の中に、神社や大名の下屋敷が点在する郊外で、日没に代わって、底知れぬ地の闇がふくらんで来る。

淡い夕闇が立ちこめはじめた頃、思いがけず栄吉が姿を見せた。

「何の真似だ、あ、そうか、お麻のやつにそそのかされたな」

治助は渋い声になった。

「女将《おかみ》さんも心配なさっておいでなので、ちょっと様子見にやって来ました」

「伝吉よりゃあ、おまえさんのほうが役に立ちそうだが、危ない目に遭ったたって、おれは知らねえぜ」

「わたしなら大丈夫です」

「おう、ちげえねえ、おまえさんの腕はやっとうで鍛えていたんだっけな」

「それよりも、わたしとしてはやはりおこまさんが気がかりです。小鶴さんの無実を信じていますし、わたしも同感です。あの二人に多少とも関わった上は、手をこまねいていられませんので――」

小鶴がお米殺しの下手人として挙げられてから、栄吉の気が休まる日はなかった。そしていまや小鶴は、小伝馬町の女牢に移送されていて、すでに一刻の猶予もなくなっている。

「おっ！」

治助が栄吉の袖を引いた。二人は道の闇だまりに身を伏せた。

寮の木戸口が開き、提灯の明かりがゆらめき出て来た。月明かりがその姿を照らし出している。長羽織を着た男だ。でっぷりとした体型から、その男こそ寿一郎だと判断できる。

寿一郎は、竹屋の渡しから小舟に乗った。

治助と栄吉も後につづくしかない。

渡し舟なら、対岸の山下瓦町《かわらまち》に着けるのだが、小舟は山谷堀《さんやぼり》へと入って行く。そのまま日本堤に沿って上《のぼ》れば新吉原である。小舟の舳先《へさき》につるした灯りが止まったのは、やはり新吉原への入り口の船着場であった。

しかし寿一郎は、大門への衣紋坂《えもんざか》へは向かわなかった。日本堤の道をさらに進み、田地のところで左へ曲がった。

遊郭のおはぐろどぶに沿った道をしばらく行き、さらに田地の間の一本道に足を急がせている。

やがて下谷龍泉寺《りゅうせんじ》の町に入る。この町の間を縫う通りは、遊郭から奥州裏街道へと抜ける吉原がよいの道でもある。夜ともなれば、家々の小さな灯りのまたたきは、土手八丁からも見渡せる近さだ。

寿一郎は、治助や栄吉に跟《つ》けられているとも知らず、一軒の小家の戸口を叩いた。引き戸を開けて、女が顔を出した。その女の顔を寿一郎の提灯が照らし出した。

「あッ！」

栄吉が息を呑んだ。

戸口の中へ寿一郎の姿は消えた。

「栄さん、見覚えのある女か？」

「秀奴《ひでやっこ》という女芸者ですよ。桔梗屋で女将さんに小言を言われてましたっけ」

「そうか、寿一郎の妾というのは、その秀奴だったんだ」

その足で二人は、道を戻り新吉原の大門を入った。

遊郭内の四郎兵衛会所には、廓内の治安を守る町会の者がいるし、面番所には受け持ちの町方同心が詰めている。

勝手に手先ごときが内聞きに歩き廻るのは、認められていない。しかし古手川与八郎へ連絡《つなぎ》をつける余裕はない。

治助は強硬手段に出た。許しを得ず、桔梗屋の戸を叩いたのである。

桔梗屋はまだ営業の再開を許されていなかった。男たちも遊女たちも、見世内に足止めされていたが、身柄を拘束されていたわけではない。

男が戸口に現われた。三十半ばほどの年齢で、どこか構えたような凄みのある男だ。

治助は懐から出した十手を、これ見よがしに前帯にはさみ、胸を張った。

「お上のご用だ。おまえさんは？」

「へい、主人から女たちの見張りと、日々の取り締まりを託された者でございます」

「芸者の秀奴について訊ねたい事がある。正直に答えてくれ」

「はい、包み隠さず申し上げます」

「殺されたお米は、秀奴をひどく嫌っていたようだが、なぜだ？」

「秀奴姐さんは、吉原の中では光一《ぴかいち》の売れっ妓でした。しかし、客の求めでも、女将さんは姐さんを座敷に呼びたがらず、ほかの芸者に廻してしまうのです」

「理由《わけ》があるだろう」

「わかりません。主人がとりなそうとしても、女将さんは耳を貸そうともなさらない。目を白く光らせて、切りつけるように主人を睨むのです。それでも秀奴姐さんはこちらへ見えて、女将さんの前に手をつきました。きっと、吉原きっての芸者が、桔梗屋に出入り差し止めを喰らったと噂されては、誇りが立たないと思われたのでしょう。口上はあくまでもへりくだっていて、『このところお声がかかりません。こちらさまのお座敷なら、何を差しおいても勤めさせていただきましょう。どうぞお頼み申します』と、こうですよ。ただわたしは少々不審に思いましたね」

「何がだ?」

「わたしのところは、中見世です。秀奴姐さんほどなら、大見世のどこからでも声がかかります。桔梗屋など外したってどうって事はありません」

「面子だけではない理由があるんだよ」

「へ、どのような……?」

　男の問いを無視して、

「それでお米はどうした?」

　治助は訊いた。

「けんもほろろに追い帰しましたよ。その秀奴姐さんの背に向かって、女将さんは

『殺してやるッ』と声を嚙み殺したのには、わたしびっくりいたしました」

「お米は相当の焼餅焼きだったそうだな」

「気性の激しいお方でしたからね」

「寿一郎と秀奴は、できていたんだよ」

「えッ、相手は文字恒さんではないんですか」

男は首をかしげた。秀奴は周囲に悟られぬよう、よほど上手く立ち回ったのだろう。

「お恒も相方の一人だったらしいがね」

いずれにせよお米は、寿一郎の秀奴やお恒との遊びに気づいていたのだろう。

当世、懐に余裕のある旦那衆が妾を持っても、その妻は不本意ながらも黙認するのだ。女の苦労はともあれ、金の苦労はしたくないという女房の本音が、その底にある。

お米にしたところで、抱え女郎に対しては冷酷非情が通り相場の妓楼の女将だ。何をいまさら女の一人や二人、と鷹揚に構えていられないところがお米の悲劇だったのかもしれない。

禿の丸に、奉行所から差紙《さしがみ》が来た。出頭するに当たって抱え主の寿一郎と名主と遣り手の三人が付き添った。

奉行所の白州での再審問に、九歳の少女は怯《おび》え、すくみ上がっていた。

「桔梗屋の内儀お米の湯呑みに毒を入れたのは誰だったね」

吟味方与力の御子柴伊織は、わが娘に対する慈父のように穏やかな声を出した。

「……小鶴さんです」

丸は消え入りそうな声で答えた。

「小鶴に相違ないか」

「……はい」

「そうではあるまい。おまえは嘘を言っておる。よいか、正直に言えば、おまえを咎めやしまいぞ」

「…………」

「おまえももう九つだ。良いこと悪いことの区別はつくだろう。人を殺すのは悪事の中でももっとも悪い事だ。そのような悪人は、厳しく罰しなければこの世は地獄と化してしまう。そうならないよう、人民のために悪を糺《ただ》さなければならないのだ」

丸は無言で俯《うつむ》いたままだ。

「悪い人間にならぬよう、おまえは自分を正しくするのだ」

「あのう……」

丸は小さな手を握りしめて、口ごもった。

「何の心配もいらぬ。おまえの事はこの与力がきっと守ってあげる。さあ、本当の事を言いなさい」

「でも……」

「言わぬかッ。ならば子供といえども容赦なく仕置きせねばならぬぞッ」

声音《こわね》を一変させた与力に、丸は体を震わせて声を絞り出した。

「小鶴さんが、小鶴さんがやった、と言えと――」

「誰に命じられたのだ？」

「だ、旦那さまです」

激しい怒りと狼狽の形相《ぎようそう》をむき出して、寿一郎はのけぞった。

八

「お、お役人さま、これは子供の戯言《たわごと》でございます。そのような根も葉もない妄言を、よもやお取り上げにはなりますまいが、わたくしめは誓って無実でございます」

寿一郎の必死の抗弁を、伊織は冷厳に無視し、

「では丸、おまえは誰を見たのだ。誰が湯呑みに毒を入れるのを見たのだ？」

「秀奴姐さんです」

そこへ秀奴が引き出されて来た。

「芸者秀奴こと、秀、おまえがお米を毒殺した事に相違ないか」

秀奴は凄艶《せいえん》なほどの気色《けしき》で、伊織を見上げた。

「何を仰《おお》せでございましょう。わたしがお米さんを殺したなどという証《あか》しが、どこにございますか」

「まず、寿一郎と情を通じ合うおまえは、女房のお米が邪魔になった。お米が死ねば、自分が桔梗屋の内儀の座に納まる事ができる、そう考えたのであろう」

「めっそうもございません。そのような大それた企《くわだ》てなど、わたしは毛ほども存じない事でございます。それにお米さんが亡くなられた日、わたしは風邪ぎみで寝こんでおりましたので、廓内には参っておりません」

「丸……」

伊織に呼ばれて、少女はぎくりと顔をこわばらせた。

「は、はい」

「おまえは、秀から竹村伊勢《たけむらいせ》の菓子をもらっているな」

竹村伊勢は廓内の菓子舗で〝最中の月〟という銘菓で知られている。

「いつの事だ？」

「九月十五日でした」

秀奴はきっと唇を噛んで、目尻で丸を睨みつけた。

「お米が殺されたのは、九月十五日だ」

「お役人さま、それは丸のまちがいでございます。菓子はあげましたが、十五日ではございません」

「丸、おまえがもらったのはどんな菓子だ」

「甘酒をねりこんだお饅頭です」

「九月十五日は、神田明神の大祭の日だ。竹村伊勢では、その大祭にちなんで、当日だけその饅頭を売り出したのだ」

神田明神の名物の一つに甘酒がある。

秀奴は呆然と伏せていた面を上げた。

「その日、廓内に来なかったおまえが、どうしてその饅頭を買えたのか、それを丸にあげる事ができたのか。釈明できるものなら申してみい」

九月十五日には風邪で寝こんでいて、吉原へは行かなかった、との偽証がむしろ秀奴の罪をあばいた事になる。

「常盤津師匠の文字恒を殺したのもおまえだな？」

観念しきった秀奴は、蒼白な顔ながら、存外はっきりした口調で答えた。

「桔梗屋さんが文字恒のところへ通い出したのを知り、わたしは夜も眠れないほど不安になりました。もし旦那さまのお心が、わたしではなく文字恒さんに移ってしまったら、きっとわたしは捨てられてしまう。吉原一の芸者だなどと持てはやされるのは若いうちだけです。歳を喰い、色香が失《う》せれば、何の価値もなくなります。そうして老いていく自分を思うと、何が何でも桔梗屋の内儀の座を手に入れたい。入れなければならないと心に決めました」

「それで文字恒が邪魔になった？」

「さようでございます。お米さんと文字恒さんがこの世からいなくなれば、わたしの行く末は安泰です。誰にも相手にされず、貧乏できたならしい老いが待つだけの人生なんて、身の毛もよだつ恐ろしさですから」

「文字恒のところへはどうやって上がりこんだのだ」

「身許を隠して、弟子入りのお願いに上がったのです。はい、小女が使いに出されたのを見届けた上です。座敷に通され、お茶は文字恒さんが淹《い》れてくれました。それから隙をうかがって毒を入れたのです」

「なんとも身勝手な考えだ。人にはいかんともしがたい運不運というものがある。それをいかにして乗りきるかが人の道であって、邪魔な相手を殺して、自分だけ甘んじようというのは、決して許されまい」

さて、と伊織は寿一郎に向いた。

「桔梗屋寿一郎、おまえは秀がお米を殺した事実をどうやって知ったのだ」

「はい、その場に居合わせましたが、止める暇もなく秀奴が仕出かしたのです。それでもわたしを思ういじらしい気持ちにほだされて、丸に嘘の証言をさせたのです」

「それによって小鶴は濡れ衣を着せられ、あわや仕置きにあうところだったのだぞ」

「申し訳ございません」

肥えた体を折って、寿一郎は平伏した。

「秀の犯行を知りながら、それをあらぬ方向へねじ曲げようと企んだのは、おまえも同類である」

「恐れ入りました」

大きな体に似ず、寿一郎は蚊の鳴くほどの声で額を土にすりつけた。

医師の石庵が〝子の竹〟で夕飯を摂《と》っているとき、裏口におこまが訪ねて来た。

「会ってお行きなさい」

遠慮するおこまの手を引くようにして、お麻は板場から連れ出した。

相も変らぬぼろを着たおこまは、石庵の前に座ると、

「皆みなさまには、すっかりお世話になり、お礼の申し上げようもございません」

誰にともなく頭を下げ恐縮してみせた。それは、小鶴が赦免《しゃめん》され、新吉原に戻ったからだ。寿一郎の〝桔梗屋〟そのものは取り潰されたが、代替わりという形で、遊女も建物もそのまま引きつがれて再開されるらしい。

「預かった例の薬ですが、あれは毒にも薬にもならないものでした」

石庵は気の毒そうにおこまに報告した。

そもそも遊女たちが恐れている病の治療に服《の》むのは、漢方薬や怪しげな民間薬なのだ。

「えッ、あれにはべらぼうなほど高値な薬代を払っているのですよ。わたしゃ喰うものも喰わずに、薬代をひねり出しているのに――」

おこまは足を踏み鳴らさんばかりに口惜しがった。

「ああした病を治す薬は、いまのところないのだよ。特に瘡毒はね。気の毒だが、お

女郎さんが冷え（性病）にかかるのは宿命と思うしかあるまいよ」

「おこまさんは、命がけで妹を守ろうとしているのに——」

無駄な努力だったとは、さぞかしおこまは虚《むな》しかろう、とお麻はわが身を切られるような胸の痛みを覚えていた。

「姉さんの、妹思いの一心が神仏に通じるといいのだがね」

石庵の表情にも、医師としての無力感が漂っている、

「先生、神仏に祈るしかないのなら、わたしゃ無二無三《むにむさん》にも拝み倒してみせますッ！」

おこまはめげなかった。まるでめげる自分を許せないとばかり、その声はほとんど叫んだように聞こえた。

「へい、いらっしゃい」

戸口の店番のてつだ。そのてつに向かって、

「おう」

と威勢のよい返事は何と桶師の源太だった。いつもは申し訳なさそうな愛想笑いを浮かべて、遠慮がちに座を占める源太が、いやに背筋を突っ張らせている。

見れば連れがいる。歳は源太と同じ三十ちょうどといったところ。細身の体に地味

な間道縞の裾を尻端折っている。

「源さん、いらっしゃい。こちらは……？」

にっこりと笑んで、お麻が出迎えた。

「だちの辰三《たつぞう》だ。腕のいい指物師《さしものし》だよ」

「辰三と申します」

着物の裾を下ろし、辰三は律義な頭の下げ方をした。

「まあ、いいお友だちがおいでだったのね」

「神田祭の縁でね。おらあ神幸《しんこう》の順路にあたる日本橋で、人波にもまれながら山車《だし》を見物していたんだ。大通りに諌鼓鳥《かんこどり》や山王猿の山車が姿を見せるや、もう喚声が渦巻いて、大通りは祭馬鹿で大盛り上がりよ。そのときおれの隣で叫んでいたのが、この辰三ってわけだ」

「いやあ、あっしより源さんの声のほうがでかかったよ。顔を真っ赤にして、唾を飛ばしてた図は、ちょいとお目にかかれないくらいの興奮ぶりよ」

「当たぼうよ。神田っ子はその日のために生きてるんだからな」

「おや、源さん、神田の生まれだった？」

「おっと、それよりお麻さん、何か美味いものを見つくろってくれ。今夜はおれの奢《おご》りよ」

「いいのかい、ウチの勘定は高いよ」

「高えからいいんじゃねえか。安いものならどこでだって喰える、な、辰さんよ」

「見なおしたわ、源さん」

男も見栄が張れなくなったらお終《しま》いだ。

お麻は燗徳利二本と脂の乗った秋刀魚《さんま》の塩焼きを、源太と辰三の席へ運んだ。

「なんだい秋刀魚かよ」

源太は不満げに口を尖らせた。

「何言ってるのさ。源さんがいつも食べる秋刀魚は塩っぱい開きでしょ」

漁獲量が多くても、足の早い秋刀魚はほとんど干物にしてしまうのだ。

「源さん、これは美味い。美味くて目が眩みそうだ」

辰三が箸を休めて唸る。

刺身や生の魚は、井戸冷やしにして鮮度を保つのだが、井戸内に吊るしておける量は限界がある。となれば料金も高値になるのは仕方がない。

懐具合を暗算してか、源太は不安そうな顔になった。

「木札は置かないから、心配しないで――」

〝子の竹〟では注文の品を出すたびに、料金を書いた木札を平膳の隅に置き、客は帰るときそれを帳場へ出し、お初が集計してお代をいただく仕組みになっている。

そのお初は、源太たちが秋刀魚の骨までしゃぶるのを、見て見ぬ振りをしていた。

晩秋の夜風が栄吉を連れて来た。

「栄さん、お帰りなさい」

声を弾ませてお麻が出迎える。

「石庵先生もおいででしたか」

治助はめしをすませると二階に上がってしまったが、石庵相手の晩酌ができるので、栄吉は楽しそうだった。

その石庵の前で、おこまはだらだらとご飯を食べている。二、三日ぶんも腹に詰めこもうという算段らしい。

「栄さん、秋刀魚の塩焼きを召し上がれよ。お代は二十文」

そう声を張ったお初は、源太に向かってにっと白い歯を見せた。ぎくりと見つめ返す源太に、お初は自分の悪戯《いたずら》を打ち消すように、ひらひらと手を振ってみせた。

――心配しなさんな。

お初の心意気が通じたらしく、源太はほっと肩を落として猪口を口へ運んだ。

戸袋の中にでもひそむのか、こおろぎの澄んだ音色が忍び入って来る。今年最後の虫の音だ。

二見時代小説文庫

緋色《ひいろ》のしごき　浮世小路《うきよこうじ》父娘《おやこ》捕物帖《とりものちょう》2

著者　高城実枝子《たかぎみえこ》

発行所　株式会社 二見書房
東京都千代田区三崎町二-一八-一一
電話　〇三-三五一五-二三一一［営業］
〇三-三五一五-二三一三［編集］
振替　〇〇一七〇-四-二六三九

印刷　株式会社 堀内印刷所
製本　ナショナル製本協同組合

落丁・乱丁本はお取り替えいたします。
定価は、カバーに表示してあります。

 ISBN978-4-576-15212-7
http://www.futami.co.jp/

二見時代小説文庫

浮世小路 父娘《おやこ》捕物帖 黄泉からの声

高城実枝子［著］

味で評判の小体な料理屋。美人の看板娘お麻と八丁堀同心の手先、治助。似た者どうしの父娘に今日も事件が舞いこんで…。期待の女流新人！ 大江戸人情ミステリー

閻魔の女房 北町影同心1

沖田正午［著］

巽真之介は北町奉行所で「閻魔の使い」とも呼ばれる凄腕同心。その女房の音乃は、北町奉行を唸らせ夫も驚くほどの機知にも優れた剣の達人！ 新シリーズ第1弾！

剣客大名 柳生俊平《としひら》 将軍の影目付

麻倉一矢［著］

柳生家第六代藩主となった柳生俊平は、八代将軍吉宗から密かに影目付を命じられ、難題に取り組むことに…。実在の大名の痛快な物語！ 新シリーズ第1弾！

赤鬚の乱 剣客大名 柳生俊平2

麻倉一矢［著］

将軍吉宗の命で開設された小石川養生所は、悪徳医師らの巣窟と化し荒みきっていた。将軍の影目付・柳生俊平は盟友二人とともに初代赤鬚を助けて悪党に立ち向かう！

世直し隠し剣 婿殿は山同心1

氷月葵［著］

八丁堀同心の三男坊・禎次郎は婿養子に入り、吟味方下役をしていたが、上野の山同心への出向を命じられた。初出仕の日、お山で百姓風の奇妙な三人組が……。

首吊り志願 婿殿は山同心2

氷月葵［著］

不忍池の端で若い男が殺されているのに出くわした上野の山同心・禎次郎。事件の背後で笑う黒幕とは？ 禎次郎の棒手裏剣が敵に迫る！ 大好評シリーズ第2弾！

公《く》事《じ》宿《やど》 裏始末1 火《か》車《しゃ》廻る

氷月 葵［著］

理不尽に父母の命を断たれ、江戸に逃れた若き剣士は、庶民の訴訟を扱う公事宿で、絶望の淵から浮かび上がる。人として生きるために……。新シリーズ第1弾！

公事宿 裏始末2 気《き》炎《えん》立つ

氷月 葵［著］

江戸の公事宿で、悪を挫き庶民を救う手助けをすることになった数馬。そんな折、金持ちしか相手にせぬ悪名高い四《し》枚《まい》肩の医者にからむ公事が舞い込んで……。

公事宿 裏始末3 濡れ衣奉行

氷月 葵［著］

材木石奉行の一人娘・綾音は、父の冤罪を晴らすべく公事師らと立ち上がる。牢内の父からの極秘の伝言は、濡れ衣を晴らす鍵なのか!? 大好評シリーズ第3弾！

公事宿 裏始末4 孤月の剣

氷月 葵［著］

十九年前に赤子で売られた長七は父を求めて、十五年前に十歳で売られた友吉は弟妹を求めて、公事師らと共に闘う。俺たちゃ公事師、悪い奴らは地獄に送る！

公事宿 裏始末5 追っ手討ち

氷月 葵［著］

江戸にて公事宿暁屋で筆耕をしつつ、藩の内情を探っていた数馬。そんな数馬のもとに藩江戸家老派から刺客が!? 己の出自と向き合うべく、ついに決断の時が来た！

闇《やみ》公《く》方《ぼう》の影 旗本三兄弟 事件帖1

藤 水名子［著］

幼くして父を亡くし、母に厳しく育てられた、徒目付組頭の長男・太一郎、用心棒の次男・黎二郎、学問所に通う三男・順三郎。三兄弟が父の死の謎をめぐる悪に挑む！

枕橋の御前　女剣士 美涼1

藤 水名子［著］

島帰りの男を破落戸から救った男装の美剣士・美涼と剣の師であり養父でもある隼人正を襲う、見えない敵の正体は？ 小説すばる新人賞受賞作家の新シリーズ！

姫君ご乱行　女剣士 美涼2

藤 水名子［著］

三十年前に獄門になったはずの盗賊と同じ通り名の強盗が出没。そこに見え隠れする将軍家ご息女・佳姫の影。隼人正と美涼の正義の剣が時を超えて悪を討つ！

与力・仏《ほとけ》の重蔵　情けの剣

藤 水名子［著］

続いて見つかった惨殺死体の身元はかつての盗賊一味だった。鬼より怖い凄腕与力がなぜ〝仏〟と呼ばれる？ 男の生き様の極北、時代小説に新たなヒーロー登場！

密偵《いぬ》がいる　与力・仏の重蔵2

藤 水名子［著］

相次ぐ町娘の突然の失踪…かどわかしか駆け落ちか？ 手がかりもなく、手詰まりに焦る重蔵の乾坤一擲の勝負の一手！ 〝仏〟と呼ばれる与力の、悪を決して許さぬ戦い！

奉行闇討ち　与力・仏の重蔵3

藤 水名子［著］

腕利きの用心棒たちと頑丈な錠前にもかかわらず、千両箱を盗み出す〝霞小僧〟にさすがの〝仏〟の重蔵もなす術がなかった。そんな折、町奉行矢部定謙が刺客に襲われ…

修羅《しゅら》の剣　与力・仏の重蔵4

藤 水名子［著］

江戸で夜鷹殺しが続く中、重蔵は密偵を囮に下手人を挙げるのだが、その裏にはある陰謀が！ 闇に蠢く悪の所業を、心を明かさぬ仏の重蔵の剣が両断する！

鬼神の微笑 与力・仏の重蔵5

藤水名子［著］

大店の主が殺される事件が続く中、戸部重蔵の前に火盗の密偵だと名乗る色気たっぷりの年増女が現れる。商家の主殺しと女密偵の謎を、重蔵は解けるのか⁉

日本橋物語 蜻蛉屋お瑛

森真沙子［著］

この世には愛情だけではどうにもならぬ事がある。土一升金一升の日本橋で店を張る美人女将お瑛が遭遇する六つの謎と事件の行方……。心にしみる本格時代小説

迷い蛍 日本橋物語2

森真沙子［著］

御政道批判の罪で捕縛された幼馴染みを救うべく蜻蛉屋の美人女将お瑛の奔走が始まった。美しい江戸の四季を背景に、人の情と絆を細やかな筆致で描く第2弾

まどい花 日本橋物語3

森真沙子［著］

〝わかっていても別れられない〟女と男のどうしようもない関係が事件を起こす。お瑛を捲き込む新たな難題と謎。豊かな叙情と推理で男と女の危うさを描く第3弾

秘め事 日本橋物語4

森真沙子［著］

武家や大店へ密かに呼ばれ家人の最期を看取り、死を以てその家の秘密を守る〝お耳様〟。それを生業とする老女瀧川。なぜ彼女は掟を破り、お瑛に秘密を話したのか？

旅立ちの鐘 日本橋物語5

森真沙子［著］

喜びの鐘、哀しみの鐘、そして祈りの鐘。重荷を背負って生きる蜻蛉屋お瑛に春遠き事件の数々…。円熟の筆致で描く出会いと別れの秀作！ 叙情サスペンス第5弾

二見時代小説文庫

子別れ　日本橋物語6

森 真沙子［著］

風薫る初夏、南東風と呼ばれる嵐が江戸を襲う中、二人の女が助けを求めて来た。勝気な美人女将お瑛が、優しいが故に見舞われる哀切の事件とは——。第6弾

やらずの雨　日本橋物語7

森 真沙子［著］

紙問屋の主人誠蔵の子供の事で相談があると言う…。女将お瑛。ある日、絹という女が現れ、お瑛の幼馴染の出戻りだが、病いの義母を抱え商いに奮闘する蜻蛉屋の

お日柄もよく　日本橋物語8

森 真沙子［著］

日本橋で店を張る美人女将お瑛に、祝言の朝に消えた花嫁の身代わりになってほしいというとんでもない依頼が…。山城屋の一人娘お郁は、なぜ姿を消したのか？

桜追《はな》い人　日本橋物語9

森 真沙子［著］

大店と口八丁手八丁で渡り合う美人女将お瑛のもとに岡っ引きの岩蔵が凶報を持ち込んだ。「両国河岸に、行方知れずのあんたの実父が打ち上げられた」というのだ…。

冬螢　日本橋物語10

森 真沙子［著］

天保の改革で吹き荒れる不況風。繁栄日本一の日本橋もその例に洩れず、お瑛も青色吐息の毎日だが…。賑わいを取り戻す方法は!? 江戸下町っ子の人情と知恵！

蔦《つた》屋でござる

井川香四郎［著］

老中松平定信の暗い時代、下々を苦しめる奴は許せぬと反骨の出版人「蔦重」こと蔦屋重三郎が、歌麿、京伝ら「狂歌連」の仲間とともに、頑固なまでの正義を貫く！

公家武者 松平信平《のぶひら》 狐のちょうちん

佐々木裕一［著］

後に一万石の大名になった実在の人物・鷹司松平信平。紀州藩主の姫と婚礼したが貧乏旗本ゆえ共に暮せない。町に出ては秘剣で悪党退治。異色旗本の痛快な青春！

姫のため息 公家武者 松平信平2

佐々木裕一［著］

江戸は今、二年前の由比正雪の乱の残党狩りで騒然。背後に紀州藩主頼宣追い落としの策謀が……!? まだ見ぬ妻と、舅を護るべく、公家武者松平信平の秘剣が唸る！

四谷の弁慶 公家武者 松平信平3

佐々木裕一［著］

結婚したものの、千石取りになるまでは妻の松姫とは共に暮せない信平。今はまだ百石取り。そんな折、四谷で旗本ばかりを狙い刀狩をする大男の噂が舞い込んできて…。

暴れ公卿 公家武者 松平信平4

佐々木裕一［著］

前の京都所司代・板倉周防守が狩衣姿の刺客に斬られた。狩衣を着た凄腕の剣客ということで、疑惑の渦中の信平に、老中から密命が下った！シリーズ第4弾！

千石の夢 公家武者 松平信平5

佐々木裕一［著］

あと三百石で千石旗本！そんな折、信平は将軍家光の正室である姉の頼みで父鷹司信房の見舞いに京へ…。松姫への想いを胸に上洛する信平を待ち受ける危機とは!?

妖《あや》し火 公家武者 松平信平6

佐々木裕一［著］

江戸を焼き尽くした明暦の大火。千四百石となっていた信平も屋敷を消失、松姫の安否も不明。憂いつつも庶民救済と焼跡に蠢く企みを断つべく、信平は立ち上がった！